溪水无盐

孙维庭·著

吉林文史出版社
JILINWENSHICHUBANSHE

图书在版编目（ＣＩＰ）数据

溪水无盐 / 孙维庭著 . -- 长春：吉林文史出版社，
2019.9（2022.2）
ISBN 978-7-5472-6928-2

Ⅰ．①溪… Ⅱ．①孙… Ⅲ．①散文集－中国－当代
Ⅳ．①I267

中国版本图书馆CIP数据核字（2020）第092005号

溪水无盐
XISHUIWUYAN

著　　者：孙维庭
责任编辑：钟　杉　王　新
封面设计：四川悟阅文化传播有限公司
出版发行：吉林文史出版社有限责任公司
地　　址：长春市净月区福祉大路5788号　　邮编：130118
电　　话：0431-81629363（总编室）　　0431-81629372（发行科）
网　　址：www.jlws.com.cn
印　　刷：三河市嵩川印刷有限公司
经　　销：全国新华书店
开　　本：210mm×145mm　1/32
印　　张：6
字　　数：168千字
版　　次：2020年8月第1版　2022年2月第2次印刷
定　　价：35.00元
书　　号：ISBN 978-7-5472-6928-2

印装错误可与印刷厂联系退换。

满纸春心墨未干（自序）

    开始写散文大约有七个年头了，七年来，涂涂抹抹积下三百多文，几十来万字。写得不算多，认真程度却不算顶差，从最初的练练手，到现在能写成完整的文字，并且不时被一些纸质媒体选用，2014年还整理部分文字出版了散文集《今生相遇自己》。单从写作而言，通过几年的努力，取得了一些进步。

    一些喜欢我文字的朋友说我为文率真，不作假，这里除却溢美的成分以外，我觉得基本上还是说对了。我不知自己是否能够真正做到这一点，但我的价值取向、我做人的标准是说真话，做实事，以真面貌示人。我相信，与我交往过的人，对我这一特点基本上是持肯定意见的。就是与我意见不合的人，他们也不会认为我是一个油滑的人。文如其人，我的文字倘若真如我的做人，实乃幸事。

    已结集出版的《喝茶》《感受黔东南》《阊门横街》《在新场古镇》《迷离的金陵王气和胭脂》《槐花洲》和本书中的《槐树街》《拔牙》《洗澡》《高邮饭店》《看戏》《杜家宅那株银杏树》《太湖西山》《柜台酒》等三十来篇，是朋友们觉得我写得比较顺溜的文字。这些差不多是写作总数的十分之一多一点。从中可以看出，一方面是好文不易得，另一方面说明我不但愚笨而且还有些懒惰，两千多个日子才写出这少得可怜的文字。不过让我聊以自慰的是，毕竟我还在坚持写作，还能够坚持。

    散文圈的朋友常说，散文里数游记最难写，我因常到一些地方走动，所以游记写得多一些。我料想我写的一定很差劲，不料有些朋友却认为我的游记比我的随笔散文写得好。我其实是明白的，游记也决不会好到哪里去，可见，那些随笔散文的问题更多。抱着学习的态度，我有意识地加强练习游记以外文章的写作。岳阳熊伟民先生评论《喝茶》说："文字自然坦诚，厚朴真诚，不作雕琢。"这位散文家我并不认识，他这样说应该算是由衷而发。而相识多年的芭蕉雨声这样评论《柜台酒》："读着有小小说的引人入胜，又有散文随笔的疏朗和逸致，文笔老辣练达。"虽与芭蕉雨声熟识，但她不是一个没有原则而一味讨好奉承别人的人。这两位都是写作散文的好手，自然也识文字。他们给予的点赞，可能是褒奖作者的某种追求。我明白这一点，决不会因此而翘尾巴，还真的以为自己文字好到什么地步了。

散文有多种作法，究竟以遵循哪位大家的戒规为好，这真的很难说。我以为，还是以自己的人生阅历和生活观感为出发点，多阅读，多思考，在比较中悟道，从而找出适合自己的写作路子。在具体写作时，应该奉行这样的原则，即事多题繁可以将篇幅拉长写，小意思的内容尽量缩短来写，切不可短话长讲，简事多写。现在的散文界有种不好的风气，写文章不是以把自己的真情实感表现出来为目的，而是一味地炫耀自己的写作技巧，文字表面非常漂亮，动辄万言，洋洋洒洒，这其中当然有些内容烦冗必须这样写，但大多数长得没道理。有些文字一看题目就明白，这个人又来"飙高音"了，比如有一文叫《一只什么鸟的沉思》，我翻书刚一触及这一题目迅即跳了过去，一万多字，就是说一只鸟的沉思，鸟又不是人，它哪来那么多的沉思，纯粹是无病呻吟。如果你真的有忧国忧民的情怀，大可直言不讳地去写治国方略，何必借一只鸟说这么多废话呢！

散文写作门槛很低，谁都可以来上一篇，但要写得好却不是那么容易的事。忆及写作过程，一方面是苦涩感，一方面是甜蜜感。成就一篇好的散文有诸多因素，如对生活的观察的深浅以及阅历是否丰富，还有知识储备及才气运用等。我常因这些原因写着写着而停下笔来，我怕费了好大力气写了一堆废字而难以表达内心的情思。如果真的写成豆腐渣文字，我会黯然神伤好几天，也有写顺的时候，写好了就有一种沾沾自喜的感觉，并为此一连数天沉浸在甜蜜中。苦涩与甜蜜交叉贯穿了我写作生活的整个过程。我不知别人是怎么想的，但我认为，写作其实就是与自己较真的过程，战胜自己包括懒惰在内的一切不足，慢功磨细活，坚持下去，总会有收获的。坚持与付出越多，收获越多。

我周围一些朋友虽然不是散文圈里的人，却一直关注我的散文创作，给了我很多鼓励，其中维汉兄每次见面都非常关心《溪水无盐》的出版，并一再问我有什么需要帮忙的地方。植多兄在我修改书稿时给予诸多文档管理方面的建议。还有倪杰兄，他把他姐夫任国培先生"满纸春心墨未干"的书法作品转赠与我，并坦言书写的这几个字符合我散文写作的现状。我不懂书法，字写得怎样，我说不出个所以然来，但觉得这一行字写得有精气神，喜欢，并且意思好，符合我的心境，于我有激励作用。古往今来多少事，满腹情感酿文章。我虽已步入花甲，但一颗"春心"仍然萌动不已，爱日光也喜月夜，爱山川也喜百花，家事连着国运，个人维系着社会。有喧嚣，也有平静，喧嚣过后更平静，每当这时坐至桌前，将对生活的感悟、身边的人和事敲打成文字，留给自己，也留给这个社会，我觉得这是一件非常有意义的事。可惜的是，这本《溪水无盐》还未出版，写"满纸春心墨未干"书法作品的任国培先生已然作古。当时打算待这本散文集出版了，送他一本惠存以志纪念，而如今人去楼空，这个愿望也成为一件憾事。

2019年5月22日

目录 CONTENTS

第一辑 江湖回味

第二辑 光阴故事

第三辑　朝履夕记

第四辑　博友往来

江湖回味

艾米果

清明节是祭祀先人的日子，这天人们总习惯吃些冷食。比如上海人吃青团，浙江湖州人吃粽子，山东泰安人吃冷煎饼卷生苦菜，江西赣州人吃艾米果。这里就说说艾米果。

有一年的清明节，我出差到了赣州。这天早起洗漱完了到马路上找吃的，走到尚书街时，看见小饭馆的玻璃橱柜里展示着一种色泽翠绿的食品，当地人叫艾米果。

艾米果有点像青团，又不太像。它们都是糯米粉做的，青色，但形状与青团团子的模样相差甚大，艾米果有长条的、饺子状的，更多是三角形的。馅心咸味，食材好像是春笋、豆干、鸡蛋皮、猪肉等，将其剁碎，然后搅拌在一起。这对喜欢吃咸的人来说，咸香的感觉远胜于青团豆沙甜腻腻的味道。记得那天我连吃了三个艾米果。结果是糯米黏性大，不易消化，直到中午吃饭时，我一点儿饿意都没有。

次日早晨，又来到这家小饭馆。这才注意到，小饭馆的招牌上写着"陈嫂饭馆"几个字。只见一位中年妇女，笑盈盈的，腰上围着蓝花布裙，一边收钱一边干活，手脚很利索。这人应该就是陈嫂吧。问了问，果然是陈嫂。

时间尚早，饭馆里就我一个吃客。因为闲着，遂向陈嫂请教艾米果该怎么吃才好。陈嫂说，糯米粉做的食品凉了以后发硬，有一碗热汤就着吃才好。我觉得挺有道理的，点了一碗心肺汤，这是当地人最爱喝的。汤煲了一夜，猪心猪肺都快被煮烂了，撒些葱花，香气十足。咬口艾米果，喝口热汤，艾米果遇上热汤，顿时变得糯软了，胃里也舒服多了。

边吃边和陈嫂聊艾米果的事。

　　艾米果是当地客家人的小吃。每年的三月，艾叶茂盛，当地人便到野外采撷，回家洗净，用热水焯一焯，挤出绿汁，掺入糯米粉里。揉搓至粉团，再擀成小饼，把馅料包进去。

　　艾米果起源于清朝。当时有个叫艾嫂的人无意中发明了这个做法。大家觉得好吃，就传开了。艾叶是味中草药，有温肺暖脾、散寒去湿的功效。艾米果压饥耐饿，当地干体力活的都爱吃。我说我不干体力活，我也爱吃。陈嫂笑了。

　　赣州的客家人是从中原迁徙而来。客家人在中原时习惯于食用面粉。到了南方，为缅怀故土，他们结合当地种植糯米的情况，用糯米粉做出了饺子状的食品，最后慢慢演化成艾米果这样既有饺子形，又有长条样、三角形的糯米食品。作为一种风味小吃，艾米果已融入当地人的生活。艾嫂发明艾米果也许只是一个方便口传的传说，有点神奇，也很美妙，人们爱在茶饭之余津津乐道这件事。与确切查出艾米果的出处相比，我更乐见于我身边没有这方面的资料，因为弄明白这件事毫无意义，而艾嫂的发明更令人心存遐想和美好，我宁愿这是真实的。

　　中国幅员辽阔，一样的节日，各地吃的东西不尽相同。但清明节吃冷食是相同的，这些冷食均与植物的绿叶有关，青团用的麦汁，粽子用的苇叶，生苦菜是绿叶，而艾米果着绿，用的是生长在野外的艾草，不但野意足，颜色也最深。

2018年4月2日

青团

　　青团是糯米粉与浆麦草汁或艾叶汁和在一起做的团子，里面馅料为豆沙。临近清明，无论超市还是一般的食品店，或者点心店，各种青团均被摆在显眼的地方。清明吃青团是江南一带的习俗。

　　小时候吃青团是很稀罕的事情。我九岁那年，乡下的外婆去世了，消息传来，母亲掩面痛哭。因忙于家务和厂里请不了假，母亲没有办法赴山东见自己母亲最后一面。为寄托哀思，母亲在上海自家的方桌上为外婆设了一个灵位。按山东人习俗，本该在外婆的遗像前放两盘饺子的，为省事，母亲随了南方习俗，买了十个青团充作供品。

　　由于从没和外婆相处过，对于外婆的死，我没有什么特别的伤心。我也哭了，那是看见母亲哭了才跟着一起哭的。母亲泪水哭干了，我把外婆过世的事也忘记大半了。这时肚子叽叽咕咕地叫，心里惦念的是桌上绿油油的青团。我知道，只有等待祭奠结束了，方桌上的青团才有可能成为果腹之物。次日早晨，母亲一边煮泡饭，一边撤去灵位。泡饭煮好了，灵位也全都撤下了。早饭是每人一碗泡饭，一个青团。吃完了，上学的上学，上班的上班。这些先作供品后充早餐的青团过了一夜，已经有点硬了，不过这是我生平第一次吃，依然觉得它又香又糯。

　　好多年后，我出差到福建龙岩。正逢清明期间，大街的早食摊上，到处是卖青团的。但他们不说青团，广告牌上只写"艾饭"二字，有的还放在油锅里炸过。炸过的青团，略带一些金黄色。我买了两个尝尝，香味有余，而糯软度太差。晚饭是业务接待方请客，闲谈聊起了吃青团的事。在座的有位年轻的女士，叫啥忘了。她说："我们这儿的青团是客家人的做法，用糯米、大米磨成粉面，按适当配比，取山间的艾叶捣碎后与之混合而成，这样的青团有嚼劲。你买的那家店，估计为了节省成本，多掺了大米粉，所以硬邦邦的。"我一听，顿时来了兴趣，说："明天找家大一点儿的店看看。"她说："我这网兜里有我妈今天做的青团，比外面买的还要地道，你们尝尝。"说着她就取出几个。从外观上看，她的青团绿中泛黄，放入口中，清苦味重了点，不过轻轻咀嚼了几下，清苦味变得温婉起来，后来只剩下淡淡的清香，口感也比我在马路上买的糯绵一些，但依旧没有上海的糯软。

　　清明吃青团的习俗先是从哪儿传来的，是闽粤的客家人发明的，还是上海一带的江浙人最先开始的？这话还真不好说。有次翻阅闲书，说青团是太平天国将领李秀成在苏州打仗时最早发现并推广用作军粮的。这种说法带有八卦性质，也不足为信。青团外表看起来沉静不语，但清香扑鼻的味道，是很符合春暖花开时我们向先人致敬的心理需求的。从这一点上讲，也许客家人和江浙人是殊途同归。

　　现在上海的青团是越做越精致了，个个油绿如玉，肥而不腻，令人不忍放进口中。随着生活水准的提高，青团已由过去的清明专供变为日常小吃了。

2017年4月3日

湖沟烧饼

　　找地方住下后，便出门闲逛。正逢吃晚饭的时间，填充空空如也的肚皮成了一项首要任务。新来蚌埠，什么好吃，什么差劲，一点儿也不了解。不了解，心中就没底。正在街头东张西望时，忽地看见路边有一块湖沟烧饼的招牌，一时间兴趣大增。赶忙凑上前去：一个圆桶炉，内膛红火闪烁，膛内四壁贴满了烧饼。一位年轻的汉子手脚麻利地忙碌着，将烤黄了的烧饼从炉壁上揭取出来，再将生的烧饼往炉壁上粘贴。我问多少钱一个，他说一元。我往钱罐里投掷了两元硬币，他递给我两个烧饼。

　　湖沟烧饼，湖沟两字显然是地名，对我而言，不用猜便知这是安徽固镇县湖沟镇的湖沟。湖沟离蚌埠七八十千米，湖沟出烧饼，湖沟人在这儿打烧饼是借驴下坡的事。我对湖沟烧饼感兴趣是因为我小时候曾在湖沟住过三个月，湖沟烧饼对我而言是久违的记忆了。1961年，我六岁。那年，父母将我送到大姨和二舅住的湖沟镇。为什么将一个才六岁的小孩送到异乡去呢？父母的打算是省一些口粮。那时正是"三年困难时期"，如果家里少一张吃饭的嘴，哪怕是张小嘴，好歹一个月也能节省不少粮食。多出来的大米、白面，可以让留在上海家里的哥哥、弟弟们吃得滋润一些。

　　我至今还清晰地记得，我到大姨家里的第一顿饭，便是大姨从盖着白布的藤筐里取出一个烧饼给我。她说："孩子吃，快吃。"也许是饿了，我接过烧饼便啃。我当时不知道这个大饼叫什么，现在推测，这个应该就是湖沟烧饼。什么味道呢？已经不记得了，只觉得香酥可口。大姨还有两个孩子，但她只给我一人吃，说剩下的那个，留给干重活的姨夫吃。望着手中的烧饼，竭力想回忆一些其他的事，可惜年代久远，很多印象都模糊了。记忆中大姨挺疼爱我的，因为三个月里我有好几次都是在大姨支开别人的情况下吃烧饼的。那时候哪儿都缺吃少喝，粮食对所有人而言都是最好的宝贝。三个月后，母亲接我回家了。不幸的是，一年后大姨便去世了，她的两个叫小黑小白的孩子不久也离世了。好多年以后母亲才将这些事告诉我，她也许觉得我长大了，懂得世道艰难了。当时听了母亲的叙说，我心里好一阵子难过，就是现在再提此事，也深感人生的无常。

有朋友或许会问，这湖沟烧饼究竟有什么特别出众的地方。其实它在做法上与其他地方的烧饼大同小异。不同的地方是采用当地产的优等小麦，佐以芝麻、黑胡椒，用土缸窑炉烘制而成；烧饼多层，隔开层面的是驴油而非猪油，香气很独特；烧饼较薄，只有半寸的样子，个头小，形似巴掌。湖沟烧饼吃起来香酥可口、稍嚼即烂，外脆里嫩。吃湖沟烧饼要配合地道的油茶才更有味道。油茶不是茶，没有茶叶，它是湖沟的另一种小吃，用面筋、千张、花生、黑芝麻等多种配料烧制而成的一种汤水。外面看起来，湖沟烧饼有几分纤弱几分秀气，不大像是生活在淮河流域里北方人的作品，更像是产自钱塘江水流过的某个江南小镇。当地传说里，湖沟烧饼是陈胜吴广为方便行军所创。这种硬与义军扯上关系的说法，我不大相信，觉得太过牵强。又有传说是一对私奔的情人在外谋生所创。这个说法接了几分地气，在我看来，敢于私奔的情人往往是想象力丰富的人，这类人在外面白手起家创造新生活，他们敢想又敢做，草创一种烧饼是极有可能的。

手持两个烧饼在街头边吃边想，不知不觉中把其中一个啃完了。湖沟烧饼虽好吃，但仅靠两个打发一顿饭肯定不行，再则干吃也噎人。四顾周围的店铺，看看有什么稀饭、面条类的可以补充一点儿。有家叫"杨家牛肉汤店"的小饭店聚焦了我的目光。心想，喝一碗牛肉汤，湿湿肠胃多好啊！想法有了，这步子就开始移动，在店铺里找了张空桌坐下来。吩咐老板来一碗牛肉汤，附言多放一点儿香菜。不一会儿，牛肉汤端上桌来。汤味浓厚，牛肉炖得酥软，肉块间油花分布也瞧得一清二楚。先用汤勺小口喝，然后捧起碗喝，不一会儿，肚皮里舒适了。

吃完走出店门，见湖沟烧饼店铺前没啥人，便上前与打饼的师傅搭讪，夸他烧饼打得好。他朝我看看，很高兴地和我点了点头。他说他是湖沟人，几代均以打烧饼为生。我问他湖沟镇上可有一个粮站，他说有的。我问他粮站以前可有一个姓秦的负责人，他问我多大岁数的样子，我说如果在的话，九十好几了。他说他年轻，不知道，如果是问他父亲一辈的人，或许会知道的。也是，他二十几岁的后生，怎么可能知道上两辈人的事呢。我问的这个人是我已经过世多年的二舅。他当时任湖沟粮站的主任，父母把我送到湖沟，也是父母觉得二舅在粮站工作，搞点吃的并不困难。其实那几年正好是二舅被打成右派的时候，职务没了，工资也降了好几级，他自己都顾不过来，哪还有能力帮助抚养外甥呢！二舅要面子，也怕自己的事让上海的妹妹担心，所以一直瞒着母亲。现在回想一下，大概是大姨觉得自己一家实在无力抚养我这个外甥，不得已才把二舅的真实情况告诉了母亲。母亲在知道了真相后，意识到了情况的严重性，便匆匆赶到湖沟，把我接回了上海。

次日早饭，我买了两个湖沟烧饼。返回上海前，又买了五个准备在路上吃。结果剩下三个，带回了上海。妻子说："你什么东西不好往家里带，要带这种烧饼啊！"我没作声。晚饭时，我在饭桌上与妻子说了这件事，她伸手将我手里烧饼拿过来，看了看，然后放到嘴巴里。她说挺好吃的。我说下次再去蚌埠，一定得去湖沟看看，没准还能找到二舅的后人。

2016 年 9 月 28 日

羊肉食事

"大寒"这天正赶上寒潮降临，天气非常冷。佘山的树枝上残留的黄绿叶，居然被冰团包裹上了，晶莹剔透，好像琥珀。东北来的朋友，惊呼这是北国隆冬里才有的"冰溜溜"。

在北方，为抵御寒气，人们喜欢吃羊肉。然而南方饲养的羊儿好像出了什么问题，不论红烧还是白切，端上桌来，总有一些膻腥的味道飘散出来。缘于这一点，沪上好多人疏远了羊肉，有的甚至不碰这玩意儿。其实在我老家山东滕州那个汉回杂居的村庄里羊肉是没有膻腥味的。我们那儿的回族兄弟知道什么羊好吃，什么不好吃，他们还有一个办法，能够保证羊肉既好吃又没有膻腥味，就是在羊宰杀以前，给羊灌一些用草根浸泡的药水。我们村庄里回民开的饭店，羊肉都是挂在厨房门口的铁架子上，客人来了，自个挑选，或炖或煮或炒。饭店里常备有羊汤。小火炖了一宵，汤色如牛奶一样白，滋味鲜美。

常住上海，想吃羊肉咋办？当然不可能花几百块钱去千里之外的滕州。好在这些年物流发达，外埠人来上海发展，瞅准了商机，开了好多家取悦如我这样食客的饭店。常去"光临"并被店家"欢迎"的有以下两家经营羊肉的饭店。

一家名是"新梅居"。何以叫这个店名？百思不得其解。因为这与羊肉完全扯不到一块儿去，新通常与旧对应，可我从没听说过有"梅居"之类的饭店。那天带有几分酒意，与老板娘搭讪起此事。彼回答取之于"清梅居"。哦！我想起来了。民国的时候，山东有家专营清真食品的"清梅居"商号。"新梅居"的老板移花接木，把"清"改成"新"，存心让人往"清梅居"方面去联想，好像他这家饭店是有传承的。这心思花得够巧妙的。

"新梅居"饭店不大，店堂逼仄，桌子与桌子、椅子与椅子紧靠在一起，如客人满座时，想去解个手也困难。在魔都这样的大城市，人们是讲究吃饭环境的，可是到了"新梅居"，环境的好坏被忽略不计了。与许多火锅店使用电器火锅不同，"新梅居"涮羊肉仍旧采用老式的紫铜火锅。食客坐在燃木炭的火锅边上，听着"吱吱"作响的燃炭声，看着炭灰零零星星地在空中飞舞，心里头平添出几分兴奋。锅底一般为清汤，里面掺入枸杞、红枣、菌菇、生姜、葱白等。汤水带点甜，也带点清香。当然，羊肉质量好才是关键。店主舍近求远，从中原运来羔羊当作食材。店门口有个小工当众将羊后腿一刀刀切削成纸样的薄片，八分瘦，二分肥，红白间杂，红的是瘦肉，白的是肥肉，一斤一盘。羔羊以山野百草为食，肉质鲜美香嫩，不腻不膻。食客脱去外套，心绪满怀，用筷子挟紧肉片，在沸水中轻轻地涮几下，捞出后放到口里，满嘴的羊肉鲜香味直往心里去，而不小心涮漏在锅里的散碎肉片，煮久了，捞着再吃，也一样不烂不柴。好友相聚，酒肉相伴，满口生油，大冷天吃出一身热汗来，没人会在意店堂空气混浊，人声嘈杂。

"新梅居"饭店适宜两人对坐，小吃长聊，或三五人小酌，薄醉微醺。

另一家是"敦煌楼兰州拉面馆"。店名有点蹊跷，兰州拉面怎么扯上敦煌楼呢？长话短讲：这儿原是敦煌市驻沪办的宾馆，主要工作是后勤服务，让领导们来上海时吃住好。为了这个目标，宾馆从敦煌调来厨师，又随车发来家乡的食材。地方上领导来吃，毕竟有限，赚钱还得面向市场。正式对社会开放才半年，刁钻的上海食客好像发现了新大陆似的蜂拥而至，他们在品尝后，一致认为这儿是正宗的西北风味。后来电视台记者也到现场拍摄录像，传播以后，声名远扬，吃的人更多了。现在如果去晚了，还得取号排队。

我到这儿一般吃三样东西，一是手抓羊肉肋排，二是牛肉拉面，三是河州包子。如只点一碗拉面饱腹，一楼堂吃即可，要吃西北炒菜，就得烦劳足下登阶上二楼，至于朋友团聚，三楼还有豪华包厢。手抓羊肉肋排是清水煮出来了，肉质很嫩，捎带一点儿皮，端上桌时冒着热气，热气里混合着羊肉香味。单用筷子，难以撕扯开来，双手上阵，方才如意。手抓羊肉这个名头，可不是虚拟的。吃羊肉肋排时，撒一些胡椒粉和细盐，味儿更鲜更美。这道菜虽用手助阵撕开，但不宜狼吞虎咽，得细嚼慢咽，边吃边品，直至满嘴弥散出羊肉香味为止。此外，享用这道菜时，善饮者不可缺酒。酒也有讲究，酱香型不宜，黄酒啤酒也最好别在这时喝。前者容易串味，后者压不住羊肉味。依本人习惯，最佳当属"牛栏山"二锅头。此酒清洌，与清水煮出的羊肉乃是绝配。独酌或对饮皆佳，微醺时刻，真的给皇帝宝座也不愿去换。

　　酒尽微醺，是让服务员上牛肉拉面的时候了。手工拉面可粗可细，粗细程度分为一细、二细、三细。一细过于粗犷，南方人不大喜欢。三细拉得似头发丝一般，柔软有之，但容易煮烂。二细适中，既有筋道，也不失纤细清瘦。清汤里有牛肉丁和葱花、蒜苗。牛肉丁虽不多，但吃起来很香，葱花、蒜苗撒在面上，犹如夜空里灿烂的星粒；吃辣的，滴上辣椒油，红汪汪一片，热心膨胀。单就这么多彩的颜色，都快把人馋死了。张大嘴巴先喝一口牛肉汤，通肠暖胃，醒酒提神。再小心翼翼挟挑起面条，吹吹热气，慢慢往嘴巴里送。待一碗面下肚，胃里又饱又胀，啥再好吃的东西，这时恐怕都已经没有了胃口。至于那个河州包子，是打包带回家的明日早点。包子是羊肉拌胡萝卜馅的，这在上海不多见，蛮好的。而包子名称中"河州"二字才是吸引我的地方。陇南河州在古代是重要的"茶马互市"的地方，亦是兵家必争的军事要塞。自汉唐以来，悦耳的驼铃声就一直在那儿发出叮叮当当的声音。吃着包子，想着中原汉人在河州与西域胡人交流的往事，个中滋味非同一般。

　　西北风在窗外呼呼地吹。吃羊肉可以去湿气、避寒冷、暖心胃。想着这等美事，心都要醉了。

2016 年 1 月 22 日

青鱼，黄鱼

河鱼中的青鱼，海里的小黄鱼，这两种鱼都是上海地区普通人家吃的普通的鱼。

青鱼去头，切成拇指厚的鱼段，放到沸滚的油锅里炸至金黄便捞起，沥尽油后，浸泡在调料汁里，三分钟后再用竹筷挟起。上海人把它称为爆鱼。这道菜香味浓郁，咸淡适中，是经典的上海本帮菜，既可上大席，也可小聚佐酒，广受沪上食客欢迎。我轻描淡写地说了制作过程，似乎烹饪这道菜手到擒来，方便得很。其实不然，鱼味道的好坏，全在调料汁。怎么调制呢？这汁里配制的物料，大致是红酱油、黄酒、茴香、桂皮、精盐、白糖、葱、姜等，但它具体是怎么配比、怎么熬制的？我就不知道了，而且每家做法不一，属于秘制的性质，不是特好的关系，人家不会告诉你的。

我居地不远有个菜市场，几年前来了一对年轻男女（人都猜是对夫妇），他们租了个摊位做爆鱼。由于生意好，买他俩的爆鱼常常要等上半小时。趁排队的空闲，观察他俩干活。顾客来到鱼摊前，通常会说来多少钱的爆鱼，男的"哦"的一声算是接单，以后便很少再说话了，只见他杀鱼，刮鳞，切鱼，洗鱼，洗完了放在竹篓里沥水。女的负责油炸。诸如油锅里调火候，控时间，炸好了放调料汁里，并不停地替鱼块翻身，以保证调料汁均匀地浸到每一块鱼里，然后打包入盒，这些活她差不多都是一气呵成。夫妇俩配合默契，那个利索劲谁看了谁都称好。俩人长得也俊气，男的1.73米以上，条子清爽，女的1.6米不到，娇小匀称。春节里生意好，各摊点都把价格往上调了调，他俩的爆鱼也往上提了2元。过年嘛，大家都能理解。别人过完年，价格都恢复了原样。他俩的爆鱼价格还赖在节日里。有次我问男的，他说青鱼进价提高了。那神色里明显有几分狡黠。我没有再说什么。不过，我仍然喜欢往他俩的爆鱼摊上跑。为啥呢？人家的味道好呗！

有次朋友聚餐，大家说这次不到饭店里吃，到某某地方，一人带一个菜，可以自炒，也可以外买。但必须质量好。也就是说自炒的，必须是拿手的，外买的，则一定要有特色。我买了爆鱼带去，结果人人称好。饭桌上丁君问："这是在哪儿买的？"告诉他了。他说："这个味道很熟悉，调料汁里放了罂粟壳、陈皮。"他又说："做这爆鱼的可是一男一女？"我惊诧，说："你咋知道的？"丁君说："这一男一女原来在中原小区菜场设摊，遭人举报放罂粟壳，事发后歇业了。没想到他俩又到你家门口重新开业了。"丁君还说："他们并不是夫妇，都各有家庭、孩子。因搭档在一起，日久生情，就住在一起了。男的吸过鸦片，和女的在一起后就再也没有吸了。"没想到小小的爆鱼后面有这么多故事。

大概过了年吧，这对男女撤鱼摊走人了。我不知是否又有人举报他俩了，还是他俩的家人找到他们了，反正是歇业走人了。

小黄鱼有好几种吃法，我这里说的是油炸。小黄鱼清除内脏洗净后放盐抹匀，放入姜、葱、白胡椒粉，腌制数小时，取出放在阴凉的地方吹风去湿。铁锅烧热，冷油熬熟，然后煎炸。此鱼刚入油锅"啪啪"作响，待"啪啪"声音轻微时，便是临近炸好的时候。在上海，油炸小黄鱼是最普通的海鲜，佐餐下酒均适宜，早上吃泡饭，下饭效果可与肖山萝卜干、扬州"三和四美"豆腐乳比美。

腌制小黄鱼，一般人会倒入黄酒消除腥味。我的做法是撒白胡椒粉，这是与众不同的地方。但此法非我独创，是我在浙江象山某个渔村学来的。

几年前，我还在邦德学院上班，管理系的石老师与我交好，我们常在一起喝酒。石老师饮食有个习惯，喜欢撒胡椒粉。某次举杯言欢时，他带几分醉意说择日带我去象山看他的初恋。象山是他的老家。暑假时，石老师践诺带我们到他的老家游玩。他的初恋是他的远房表姐秋霞。秋霞年长石老师三岁，由于长得娇小，说话带几分嗲，看上去，反而像是石老师的表妹。秋霞也是做老师的，教小学。他俩在一起，无话不说。至于当时他俩为什么没有走进婚姻的殿堂，居然还是那个老套故事的翻版：女方父母嫌男方贫穷。那天秋霞请石老师吃饭，我们自然也跟着去了。秋霞自个下厨，做了很多海鲜。众多海鲜中就有油炸小黄鱼。熟悉这个菜，品尝时做了对比。鱼外焦内嫩，与上海的差不多，但香味浓郁，香中还有微微的苦辣味，并且肉质紧实。秋霞看出我的思忖，说："腌制小黄鱼我原来也倒入黄酒，因为石老师喜欢胡椒味，我改撒白胡椒粉去腥气，哪知误打误撞，效果比黄酒还要好。"她说她曾经请教一位教化学的老师，人家说胡椒粉走表辛散，去腥效果不比黄酒差，胡椒粉还能解鱼肉内毒，它的香味浸染到小黄鱼的肉里，肉质也会变好。我们没想到，小小胡椒粉竟有这么神奇的作用。回到上海后，我按她的法子试了下，家人都说好。有次朋友聚餐，他们里面不乏食客老饕，我油炸的小黄鱼居然也博得了他们的认可。

这年寒假时，秋霞到上海来游玩。我让石老师把秋霞安排住在学院的宾馆里，自然，这一年春节，石老师也没回象山。铜川路有海鲜批发市场，我叫食堂采购的人帮忙，代买了一些海鲜，秋霞自告奋勇下厨，那天海鲜宴也很丰盛，眼前好像又重现出秋霞在象山她家里请我们吃海鲜的场景。不过味道终究稍逊一筹，因为上海的海货，没有象山那么新鲜，但油炸小黄鱼依旧原汁原味，因为还是白胡椒粉的作用，锁定了小黄鱼的肉质依然那么鲜美。

去年传来消息说，石老师和秋霞终于走到一起了。真为他俩高兴。

我这儿说的青鱼和小黄鱼的两种吃法，因为都掺和了爱情因素，味道变得不一般了。吃物背后的故事，有时比盘中菜更有嚼头。

2017 年 4 月 9 日

上海早饭的流行吃法

　　不知是哪部电视剧说的，上海人的生活是从一碗泡饭开始的。以我的体会，这个说法基本符合实情。泡饭是一锅饭不像饭，粥不像粥的东西。过去上海人（现在也有人）早上起床，一边洗漱，一边在昨晚吃剩的冷饭里倒入开水，放在煤球炉上煮沸后当早餐吃。由于这法儿方便且能填饱肚皮，时间一久，泡饭成了上海工薪阶层的当家早餐。

　　其实只要时间允许，上海人还是喜欢到马路边的饮食店里吃早餐。最受上海市民欢迎的，恐怕是大饼、油条、粢饭团、豆浆，人们管它们叫"四大金刚"。我有点弄不明白，为什么称这些早点为金刚呢，金刚通常有一种威猛的形象，但这些早点分明带着江南柔柔的身段？尽管内容与实际有些不符，可叫惯了，也就坦然接受了。一个大饼一根油条过去只需七分钱，现在要三元。一个大饼一根油条，对食量不大的女人来说可以吃饱，而男人则需再增加一个大饼才行。早上读书的、上班的，一边吃大饼油条，一边急匆匆走路。不上班的，或有足够时间可供消磨的，便从容地坐在店堂里慢慢享用，这时他们会再点上一碗豆浆。豆浆分淡浆、甜浆、咸浆三种。甜浆里放白砂糖。咸浆里放油条段、榨菜末、虾皮、葱花、紫菜，末了再洒上几滴辣椒油。都说南方人偏爱吃甜，但在喝豆浆的时候，上海人却是吃咸的居多，这不仅是早晨吃咸有气力有精神，主要还是咸浆里花头浓，吃口好，亦汤亦饭，所以上海人愿意在早上放弃对甜味的爱好。大饼、油条属于面食，而粢饭团则是用糯米做的，南方产糯米，粢饭团具有南方的地域色彩。糯米用自来水浸泡一个夜晚，次日早晨大火蒸熟蒸透，出锅的时候粢饭颗颗晶莹，粒粒硬朗，黏性足。伸手往米桶里抓一把，一把约有二两，摊开手掌，裹上油条，再捏合成饭团，考究一点儿的掺和少许的榨菜、肉松，再不，里面再放一个咸蛋黄。食客们从店家手里接过粢饭团，任随己意，边行边捏边吃，别有一番风味。

"四大金刚"只是早点之一，并不是上海人早餐所有的选项，即便在经济条件并不宽裕的过去，仍有人为调换口味而不断改变吃法。下馆子来上一碗阳春面，或者点上一客生煎馒头，锅贴也行，这些都是当时也是现在市民的吃法。小吃店的门面一般不大，但店的门前都会支着一口大铁锅，锅里开水沸沸滚动。凡有食客点面条，下面的师傅便根据其所需数量下面，并且不断地在铁锅里挟筷翻搅，熟后捞起面条倒入调好口味的汤碗里，再在面条上撒些葱花。阳春面加块焖肉叫焖肉面，加上辣酱叫辣酱面，加上雪里蕻雪菜叫咸菜面，因这种法儿，可以生出面条的许多种吃法。生煎馒头由麦粉发酵后的面团制成，鲜肉做馅，平底锅铛，一列一列排开，油煎中加水焖热。出锅品尝，给人一种底酥皮薄肉香的感觉。这个点心容易上火，不宜多吃，有人吃时再点上一碗鸡鸭血粉丝汤，这样就可以减缓火性，肠胃里也软和些许。锅贴呈月牙形，模样似饺子，但比饺子个大，因贴着锅底油煎，故而叫锅贴。其实这是一种下油锅不下水锅的饺子。叫锅贴，有点要和饺子划清界限的意思。出锅的锅贴皮焦馅嫩，蘸一点儿醋，先咬饺尖，待透出缝隙灌进冷气后再轻轻吸吮，肉汁裹着肉香喷薄而出，味道一级棒。如不急着赶路，预先点好一份油豆腐粉丝豆苗汤，待它有点凉气后，边吃边喝，没准一天里都会有个好心情。

以上算中式吃法，对于个别受西方文化熏陶的上海人而言，他们喜欢用西式早点开始新的一天。寻常时间，他们会在家里吃，家里有烤面包的器具，也有咖啡机。他们一旦决定到咖啡厅吃早餐，不是有事约谈朋友，便是想换个用餐环境，把咖啡厅当作厘清一天思路的地方，好为接下来处理棘手的工作而铆足干劲。不过西点品种算不上丰富，他们选择来选择去，也只能是咖啡加芝士，再不就是北海道吐司、牛奶哈斯、热狗甜甜圈这样的点心。不过不得不承认，由于品牌不同，同样的东西，各个店家做出来的味道却不一样。就拿牙买加蓝山咖啡豆来讲，由于是现场烘焙、研磨、煮泡，咖啡味道就非家里的存货可比。因为比家里的味道好，他们品尝起来就格外地注意体验，一边用小勺轻搅咖啡，一边闻着浓郁香醇的咖啡味，这是仪式的一种履行，也是美食的享受过程，更是一种生活方式的从容展现。他们或与人闲谈，或独自捧着一份隔夜的《新民晚报》和当天的《新闻晨报》浏览。凡到这儿坐坐的人，他们中有很多在公司里担任比较高的职务，遇有要紧的事，不管私人的，还是公司的，只消通个电话给领导，溜号半天，一般而言，顶头上司并不怎么在乎，因为公司遇有紧急事务时，他们通常也是干个通宵不会有怨言的。所以在一些星级大酒店咖啡厅里，人们常常可以看见一些洋装在身、头饰光鲜的人坐在那里。有人不紧不慢试图擦去齿唇之间的咖啡痕渍时，也许就是他们即将离座买单的时候，而此时，往往也是日头升得老高老高的时候了。马路上，那些个天刚破晓就已经开车揽客的叉头司机，这时已经赚了不少钞票了；饥肠辘辘的司机们，也许正为寻找一个既可以停车，又有盒饭供应的地方犯愁呢。

2015年7月11日

上海小青菜

冬季的沪上有很多蔬菜可吃。有种被称为"上海青"的小白菜广受欢迎。此菜长约半尺，茎叶各半，菜茎白嫩嫩，菜叶绿油油，在萧索的冬令，青菜又甜又糯，格外好吃。

二十世纪六七十年代的上海，很多东西都凭票供应，就是这种只要随意撒播种子就会生长的青菜，冬季有时也会被归入计划行列。小户四斤，大户六斤，剥掉外圈黄叶，削去带泥的根部，真正能端上餐桌的也就不多了。

那时我家住在上海老的火车西站边上。沪杭线横穿南北，铁路以西，三五千米的地方便是上海县了。在紧挨市区的农田里，农民以种菜为生，他们白天采摘，晚上送到菜市场。运输工具是永久自行车拖一辆四轮的平屉车。我家弄堂走出来是长宁路，这条马路，是郊外进入市中心的必经路。这儿每天都有许多送菜的车辆经过。铁道横跨在长宁路上，路基较高，过铁路有一段高坡，人力车爬坡行驶费力。下坡虽不需花费力气，但车速飞快，你得有定力稳住车头才行。那时路面不似现在平整，车辆上下震动很厉害，时不时会抖落掉下一些小菜。小孩站在边上，等车跑远了，弯腰俯拾。这小孩中，有时也有我。运气好的话，一个晚上能拾上好几斤。

但菜不是天天有得拾，下雨天就不行，天冷菜少的时候也不行，因为这时的车辆载菜少，抖落下的寥寥无几。每到这时，到"黑市"买菜便是一种不错的选择。但这是有风险的。卖菜的一旦被捉，罪名是投机倒把，买的人虽不定罪名，但菜被没收也是蛮让人头昏的。你若抗拒，稽查员便说你是扰乱市场。大人不便做这种事，往往叫机灵一点的小孩去干，这样既可省去麻烦，也可节省时间。下班回家的母亲，做的第一件事就是塞给我一毛钱，嘱咐我去买菜。那时，这点钱可买五斤青菜。

苏州河边卖菜的，他们大多是江浙一带的农民，自留地种的菜舍不得食用，偷偷地航船到上海换零用钱。河里泊着艘艘小舢板，小舢板用竹篙连着。为防稽查，靠岸边的通常是空船，只有在挨河道中央的船上才会储藏青菜。我照例是问有无货，什么价等等，然后递钱过去，等他们把菜递到我手上。那次正交易一半的时候，稽查的跑来了。卖菜的见状，赶紧松开连着的竹篙，抵一下河底，开溜了。见状我大急，恨不得跳进河里去追赶。末了也只好扶着河栏杆，对着河上越划越远的船儿大声嚷叫："还我钱！还我钱！"钱是无法还的。危难来时，人都只会求得自保，或许他们原本就有借机溜走的念头。现在回想起那一幕，我想我那叫声里一定是焦急中含着凄楚的。

提起了这些往事，觉得还是现在好，但现在的青菜肯定没有以前的好吃。以前的青菜长在野外，霜打雪侵，叶儿还发点孱弱的黄色。现在的青菜在恒温的大棚里培育，碧绿生青，是靠药水喂养。产量高了，质地却差了。可即便这样，在气候干燥的冬天里，人们还是喜欢吃水灵灵的青菜。上海人喜欢，上海以外的人也喜欢。有些地方也移植"上海青"供应市场，不过在姑苏叫"苏州青"，而在无锡就叫"太湖菜"了。有次朋友去德国，他说在当地的超市里，还看见挂着"今日供应上海小青菜"的广告牌。不知这青菜是当地种的，还是乘坐飞机出口的？

青菜有多种烧法。上海人一般的做法是清炒，猛火热锅倒入油，三翻两推，放盐及糖。还有就取青菜心炒干香菇。前种做法直取其味，但素淡，后种是鲜与陈的对接，青菜更鲜美。我比较懒惰，哪知误打误撞也找到好的烧法：把青菜放入吃剩的红烧肉里小火煨炖，直至菜茎煮烂了为止。这是一种绝佳的素荤搭配，亦是中庸之道，素的润油，荤的减脂。其实还有一种做法，是将青菜剁碎与肉馅相拌，嵌入油面筋里放大料红烧。可能太过麻烦，如今一般人不肯再这样费力地去做饭菜了。饭店里有，但年轻的厨师不得要领，做出来的味儿没有小时候在家吃的那般好。

从以上絮絮叨叨的说往道今可以看出我对青菜的痴迷，确实如此，在冬天我几乎天天离不开青菜，肚肠里一旦没有了青菜的掺和，再好的鱼肉大虾也难吊起我的胃口。每次离沪到外地出差返回上海时，只要看到沿街小贩出售青菜，我总会情不自禁地蹲下身来与卖菜的聊上几句，一边说话，一边将一棵棵青菜装进袋里，然后付钱携至家中。比起街头购菜，我更怀念过去，我喜欢过去坐在坊间门口的板凳上，看着小贩挑着两筐青菜在弄堂里穿行的样子，觉得那时候的冬季漫长而充满着上海本地的悠闲，其中缘由便是卖菜的那一声声尖长而又扁平的"卖青菜了，青菜阿要"的吆喝声，在我听来，这声声吆喝，简直就是最好听的绵绵吴音。

2013年12月4日

马兰头和香椿芽

清明时节是杨柳爆芽的时候，也是各种野菜从土坷垃里探出头的时候。这时的集市上，常会见到有一些年岁大的农妇挎着竹篮卖野菜，似马兰头、蒲公英、蕨菜、水芹菜什么的。有种叫香椿的树芽，也列入野菜行列。

诸种野菜中，我最喜欢吃的是马兰头和香椿芽。

马兰头根短叶肥，吃在嘴里凉凉的，微微有些苦，香味浓郁。一般的吃法是凉拌：拣择洗净后用开水焯一下，切碎与豆干丁拌在一起，浇上热油，撒些细盐、糖和味精。一道富有浓浓江南味的春蔬便端上了桌案。绿意扑面而来，伴你吃饭，佐你喝酒，真的很美。我老家那一带，也有把它剁碎当作馅包饺子的。

我最早吃马兰头，是拿它当饭吃的。"三年自然灾害"时，老家的人为了接济城里的我们，常常寄一些干菜之类的东西到上海来，其中就有马兰头。按理说马兰头是菜，可那时粮食不够吃，母亲把马兰头煮在粳米里当饭吃，有时也把它调入面糊糊里充早餐。用母亲的话说，马兰头的茎秆和叶片有嚼劲，吃在肚里抗饥耐饿。那年头，人饿得心里发慌，马兰头能当饭吃，母亲自然不会放过。可野菜当饭，吃多了，肠胃并不舒服，有一个时期，我看见马兰头就想呕吐。

药书上说马兰头也可入药，有什么功效我记不得了，但我经历的一件事，让我确信马兰头不但能吃，还能治病。邻居里有位姓沈的人家，女儿二十好几了，脸上长满青春痘，谈了几次对象，都因为颜值而告吹。几次的挫折，严重影响了她的自信心，有段时间她不愿再处对象。沈家姆妈听在中药店上班的秦师傅说用马兰头泡茶喝，可以治愈青春痘，就向我家讨了一些。这位二十好几的大姐很有恒心，天天用马兰头泡茶喝，晚上临睡时还把马兰头捣烂挤汁敷于脸上。过了一段时间，效果还真不错，她脸上的疙瘩快没有了，疤痕也慢慢地复原了。这使她信心大增，又撑上花纸伞和男朋友约会去了。结婚发喜糖时，沈家姆妈多发了两包给我家说："多亏山东马兰头，阿拉囡囡嫁人了。"

把香椿芽归入野菜中有点勉强。但是，吃香椿芽的时候，也正是各种野菜大量上市的时候，所以我总习惯于把香椿芽归野菜一档之内。

香椿是树，树体高大不一，庭院、公园、野外山坡都有它的身影。每年谷雨前后，人们爬上香椿树摘取嫩芽当菜吃。据说在汉代时，人们就喜欢吃香椿芽了。宋朝的苏轼在《春菜》中这样赞美香椿芽："岂如吾蜀富冬蔬，霜叶露芽寒更苗。"可惜读这短短的诗句，无法获知宋人是怎样吃香椿芽的。但我相信，现在的人肯定比宋朝那会儿的人会吃会喝。就我所知，吃法就有香椿芽炒鸡蛋、腊肉炒香椿芽、笋丝炒香椿芽、香椿芽拌豆腐、油炸香椿芽。

我最初吃的和我最爱吃的是香椿芽炒鸡蛋。

二十世纪七十年代的某个春天，我随父亲去山东看望祖母。那时农村普遍贫困，春荒时有些农户甚至没有饱饭可吃。为招待我和父亲，二叔和二婶费尽了心机，但他们也只能用鸡蛋炒香椿芽来对付。因为鸡蛋在鸡窝里，香椿芽在树上，这些都无须花钱的。当我把香椿芽炒鸡蛋卷在煎饼里吃的时候，那个香啊，可以说是我的味蕾都如春天的花朵，瞬间全都绽放了。这是我第一次品尝香椿芽，这一吃终生难忘。以后我常在谷雨期间注意上海菜场里的摊位，看有没有香椿芽赏光露脸。直到一九九七年的春天，我才在金汤路的农贸市场上见到久违的香椿芽：叶厚芽嫩，绿叶红边，香味浓郁；远看有点像玛瑙、翡翠，很吸引人眼球。小贩将它扎成小捆，每捆一两左右。我买了两小捆。回家炒鸡蛋，香味中弥漫着青橄榄气和甘草气，的确好吃。只是此时，我的祖母和父亲，还有二叔二婶，他们都已离世多年，看着桌上这盘金灿碧绿的香椿芽炒鸡蛋，思念亲人，很是感慨。

和马兰头一样，香椿芽也有一些妙不可言的药效。我家隔壁，有个叫三毛的小孩，脸色蜡黄，人渐消瘦。懂得的人说小三毛肚里有蛔虫。

也是那位在药店上班的秦师傅建议说，弄点香椿芽吃就行。谷雨前，小三毛的妈费了好大劲，托人搞来了几把香椿芽。小三毛当天吃了，晚上就叫肚子痛，数番上厕所，拉下好几条大小不一的蛔虫。不久小三毛脸色红润了，也长胖很多。秦师傅说，香椿芽药味儿重，一般虫儿受不了那种味，都远躲着它，蛔虫也是如此。

老实讲，我们现在吃的马兰头，多数是人工种的，如果将摘自大棚里的马兰头，也称为野菜的话，似乎有点滑稽了。不过香椿芽却是长在野外的树上，是纯真的野味。话又说回来，马兰头哪怕产自大棚，它的野菜基因还保持着，和香椿芽一样，它依旧是春令时蔬里的上乘鲜品。

2018年3月13日

高邮饭店

高邮饭店，新开的，晚上霓虹灯打出店招，很醒目。与店招一起打出的还有广告。大意是介绍饭店的高邮风味，注明食材是从高邮运来的，早点有烫干丝、阳春面、各类笼点糕点等。我每次经过，均扬起脖子细看一番，心里似有小鹿在跃动。我不是一个馋嘴的人，更不是一个对吃有研究的美食家，我对这家新开张的饭店有兴趣，是因为我曾经在高邮一带工作过，于我而讲，对那儿的菜肴是很熟稔的。

淮扬菜，很多人以为就是扬州菜，这是不确切的。淮扬菜实际上是指以扬州为中心的淮扬地域性菜系。高邮县在扬州边上，坐车走高速也就半个小时。淮扬菜里个别元素与高邮有关。高邮境内有高邮湖，一望无边，出产各种湖鲜，淮扬菜里如何炖鱼炒虾，有许多是高邮湖边人的心得。扬州有"早上皮包水，晚上水包皮"之说，那是说扬州人懂得享福，会生活。高邮人其实也很会享受的，他们很多人也是眼睛一睁开就往茶社跑，不在那儿混个把小时，谁的屁股也不肯挪窝。那些年我常往扬州跑，短住三五日，多则住一月。扬州城不大，待久了就觉厌倦，遂抽空到扬州边上的县城逛荡。高邮就是这样才去的。我们通常一早就去，吃完早茶，跑到高邮湖边戏水赏玩湖景。

吃早茶的饭店，记得也叫高邮饭店，是家老字号的国营店。我们喜欢拣靠窗的位子坐下。三个人点个中全。中全是中等数量的意思，里面包含有青菜包、肉包、烧卖、蒸饺、油糕。在点好笼点的同时，每人或点上一份烫干丝，或叫上一碟界首茶干，或来上一碗阳春面（有时也点长鱼面）。点完了，便沏茶，聊天；笼点干丝上桌，方开始喝酒。高邮烫干丝特好吃，想进厨房看看，但店大规矩多，不许闲人进去。问端菜的小姑娘小翠，她虽热情但也讲不清楚。她哥在厨房里做厨师，她把她哥叫来为我们解答。记得是这样讲的：取一块方的白豆腐干，横刀批成薄片，立刀切成细丝（很细的那种），然后用沸水烫，或上竹笼略微蒸一下，最后拌上麻油、酱油、白糖、姜丝、虾米等佐料。其实这菜在扬州吃过，只是未曾有人向我们详细说过，所以并不清楚烫干丝是怎么一回事。现在经小翠哥哥这般绘声绘色一番，我们印象深多了。以后数次到高邮，就径直往高邮饭店去了。后来和小翠也熟了。再后来还将手机号给了她。几年后我结束了在苏北的工作，小翠还打过我手机，意思是想来上海工作。正好真北路有家大酒店需人手，老总姓钟是熟人，我便将她介绍过去了。记得她是和男朋友一起来的，后来小伙子也被这家大酒店留下来做了电工。好多年过去了，他们早该结婚生孩子了吧！

　　某日早晨，梳洗已毕，兴致勃勃来到这家新开的高邮饭店。餐厅不大，有两排长方桌，另一边有几间包房。包房布置得颇为豪华，有圆形大桌面和高背的椅子，墙上还挂有一些字画。老板娘迎将过来，递上菜单。她说的是普通话，但高邮味儿很浓厚。我点了烫干丝和菜包子，又叫份阳春面。怕糊了，吩咐面条等我点心吃得差不多时再下。这些是最大众，也最能体现水准的高邮早点。少顷，冒着热气的烫干丝和菜包送来了。在高邮人的吃法里，烫干丝是吃早点的头道工序，吃了暖肚开胃，其次是各类笼点糕点，再后以一碗阳春面收场。仔细品品，很正宗的。烫干丝色泽素雅，软嫩异常，鲜美隽永；菜包以咸定味，以甜提鲜，清鲜香醇。凭我的经验我知道，这些味道是出自高邮厨师的手里，上海师傅就是去学，短时间里也学不到这种火候。只是我一人独啖，索然寡味。叫来老板娘聊天，她只搭讪几句，热情不高。生意不好，她着实有几分焦虑，不过她也从言谈神色里看出来我是到过扬州去过高邮的。当听我夸她菜肴正宗时，她脸上还是泛出了笑意。

　　吃到差不离时，老板娘问我可否将阳春面下好送来。我说好的，同时提出到厨房里看看。她答应了，并领我进了厨房。一位中年师傅正在下面。一口大锅，沸水滚动，师傅一把水面撒下，随手将电锅电力调大，上猛火。几分钟后面滚水跳，掀盖激些冷水，焖盖再沸。起面时长筷搅动，从沸滚里捞面，沥去汤水，倾面入碗。动作娴熟而又干净。佐料好像也是很大路的，无非酱油、猪油、虾米、蒜片、葱花之类。三下五除二，师傅便将一碗冒着热气的面交到我手上。略吹几口，将热气逼走，挟筷尝试，汤鲜面筋，嚼劲足。面冷一会儿，再吃，依旧不糊。夸老板娘面条好，老板娘说汤也好，是熬了一宿的骨头汤。难怪高邮人敢以一碗最不起眼的阳春面来作为早点的收场，原来这碗面里的汤，是熬了一宿的老汤。

这儿早点确有些特色，但附近居民好像并不知道。我对老板娘说："你其实可以印些精致的广告，叫伙计到周围社区塞发一下。大家知道了，就会来尝试的，尝好了，就会再带朋友来。"我的话，老板娘似乎没听进去，神情木笃笃的。也许她来上海时间不长，对申城市场琢磨不多。也许她觉得我只是陌生人，何以这样热情？也许她已经听进去了，只是不让我有得意的感觉。我喜欢高邮的早点，我希望她能长久经营下去，可她并不了解我。我突然想到那个高邮人小翠了，她知道我的口味，这家饭店如是她在经营就好了。

2014年8月19日

过年忆旧事

又是一年到来时。每逢这时，总会情不自禁地想起以前过年时的情景。

二十世纪六七十年代，父母虽然在上海已经定居二十多年，但过年的时候，他们还是会按照家乡的习俗欢度春节。腊月二十九这天"过油"。所谓"过油"就是支口大锅，油炸萝卜丸子、山药和黄鱼、带鱼。有时也炸鲤鱼。这天，母亲早早地把我们从床上叫起来，胡乱扒几口泡饭以后，便指派我们洗鱼。那时鲜鱼不多，大多数是冰冻的鱼，鱼化冻前硬邦邦的，此时刮鱼鳞和掏鱼鳃显得很费事。我和哥哥一人摁住鱼身，一人用剪刀在鱼身上剔冰去鳞，然后掏内脏，直至弄干净为止。如果是带鱼的话，还得切成段，洗净以后，再逐一摊开，晾在背阴的通风处。接着是洗萝卜和刨萝卜丝。萝卜丸子是"过油"的主要食材，所以得洗很多萝卜。在刮着西北风的露天里洗萝卜，活儿不轻松，小手一会儿便被冻得红肿起来。

一切准备就绪，下午三点左右开始"过油"。父亲负责燃灶烧火。那时上海的一般人家还没有普及煤气，烧火做饭使用煤球炉子。煤炉火力弱，烧家常饭菜可以，开油锅炸油煎食品不行。父亲用三角铁架搭临时灶台，四边用砖块围砌，只留一个灶口出气和续添柴火。母亲主厨。她将萝卜丝、山药、黄鱼分别与面糊和在一起，里面放入葱花、姜丝、花椒粉和盐。先炸萝卜丸子，用手团起与扬州狮子头一般大小的圆球，逐一投放到沸滚的油锅里去，随着"吱吱"声，用竹罩子不停地翻身，待丸子金黄时捞起。炸完了萝卜丸子再炸山药。鱼有腥味，所以炸鱼的面糊里掺和了料酒，而且放在最后炸。母亲每炸一条黄鱼，都先拽住尾巴往面糊里反复拖带，待鱼身挂满了面糊后投放至油锅里，炸到金黄色再捞出锅来。

"过油"这活儿一点儿也不能急,得一锅接着一锅慢慢地炸。由于中间不能停顿,吃饭就只能往后拖,饿了吃几个萝卜丸子暂且抵挡一下。母亲这时会把一些炸得不成形的丸子给我们吃。母亲也递给父亲吃。父亲接过丸子,放到嘴里咀嚼。火苗闪烁不定,映着父亲那张被烟火熏染后有点黑的脸庞。与其说父亲在吃点心,还不如说他是在尝咸断淡。每次品尝后,父亲总是告诉母亲丸子咸淡和生熟。母亲并不是每次都采纳父亲的意见,逢意见分歧时,父亲便会站起身来,从竹篮里取出炸好的萝卜丸子及其他东西塞至母亲的嘴里,说:"你不信我说的,那你也尝尝。"待我长大成人后才知道,父亲是怕母亲舍不得吃才故意这样做的。

每年"过油"的食品都是盛在铺好豆皮的竹篮里,数量往往有三五竹篮。把它吊在通风的屋梁下,吃到正月十五一般不会发霉。年里头,满屋子飘忽着油炸食品的香味。那时候人们普遍带有饥色,闻着油炸食品的味道,觉得特香。"过油"的萝卜丸子、山药和鱼,吃的时候放在锅里用小火煨炖,再放点葱花、酱油什么的,爱酸溜的,再洒几滴山西陈醋。家里客人来了,这样的东西端上桌去,特显得有年味。

除夕这天蒸馒头和包饺子。

上海人平时吃米饭,我家也不例外,但过年的时候,一定得蒸上几布袋子馒头。平时不干这活没经验,过年时蒸馒头总有点如临大敌的架势。蒸馒头的第一步是和面发酵。发酵后的面团稀松空疏。先是母亲,后来我也参与,戴上围裙,撸起袖子,将面粉不停地揉搓到里面去,来回反复的次数越多,面团越扎实,蒸出后的馒头才韧绵可口。蒸馒头用的钢精锅有两层,底层放水,上层放馒头。这活儿和"过油"一样,也属于慢工出细活一类,容不得你着急。我现在还记得每蒸一锅馒头得花费四十分钟,少于这个时间,馒头就会僵死蔫巴。为了抓时间尽快把馒头蒸完,我们通常会用两个煤球炉子一起蒸。一边揉面,一边做馒头,这期间还得腾出手来通炉子,扒煤球灰,往炉里添加煤球。馒头蒸好时，天也晚了，华灯初上，看着面案上白白胖胖的馒头，心里非常高兴，而这时也往往是人最疲乏之时，腰酸腿痛，不想吃也不想喝。

蒸馒头是苦活，技术含量不高。包饺子才显功夫。

头道活是剁馅子。那时没有搅拌机，买五花肉先切成肉丝，然后在木案上快慢有序地将其剁碎。为提高效率，从隔壁邻居家借来一把刀，一手一刀，两把高低错开。剁肉时，不时地添加些胡葱姜片，肉酱沾刀时，再倒点酱油拌进来，为防溅射，先轻剁后加力。"嘭嘭嘭"的剁肉声响彻在屋里，也飘出屋外，好似雄壮的进行曲。剁好肉馅，再加少量盐和花椒粉，然后两双筷子握在一起，顺时针猛搅，搅均匀为止。取来大张的牛皮纸，用绳子扎结实封紧，放在背阴里让它慢慢发酵。

晚上包饺子算得上是除夕夜的压轴戏。全家人围着桌子在一起忙活：母亲把洗净的大白菜心剁碎，拧去水分拌入肉馅里，用鼻子闻咸淡。觉得差不多了，再加入麻油拌均匀。父亲温水和面，加面粉不时地又揉又搓，和好的面团像个小土山似的，用一条毛巾盖在上面，让面团醒一会儿。擀皮子的活通常由我承包。学了几年，也算是一个熟练工：抻条、刀切、手擀，皮子中间厚、周边薄，大小均等。包饺子的活由父母及哥哥负责，小弟则取竹编按序摆放。包饺子根据各人的爱好捏成不同花样。母亲有时会捏成鱼形、蝴蝶形，样子挺逗人的。

包完饺子，母亲擦桌子洗盛馅及和面的罐、盆、盘。父亲照例是贴春联。待一切忙完，停顿下来时，母亲便烧开水下饺子，捞起后，拣不破皮的放满一盘，再从竹篮里取出"过油"的萝卜丸子、山药、黄鱼装满三盘，四盘食物当祭品物朝着山东老家方向摆放。父亲神情肃穆，领着家人，口中振振有词，数次作揖。大意是求祖宗保佑，祝祖母身体安康之类的话，颇有点"慎终追远"的意味。

这时窗外已有人在"噼噼啪啪"放鞭炮了。年，大概正式登场了。

2016 年 2 月 7 日

第二辑

光阴故事

西新街

西新街是沪西一条普通的弄堂，距中山公园几步之遥。有人说它是棚户区，其实它临街的房子还是相当漂亮的，整齐划一的二层小楼，屋檐下方均用木板做墙体，上铁红色油漆，远远望去，黑瓦红墙，有一种江南古镇的韵味。临街的房屋虽然还算可以，但它那密密匝匝支弄的建筑却让人不敢恭维。那儿弄狭路窄，很多房子歪歪斜斜、简陋而且破败，用茅屋采椽来形容它一点儿也不为过。在土地局的规划图上，西新街是一个棚户区。

西新街成形于何年何月，我不知道，档案馆里也查不到，但因解放前夕一场大火烧了好多天而成为沪上著名的失火案却是有案可查的。西新街不曾出过大人物，所以也没有人为这条街编织美丽的花环。它是条草根街，居住在这条街上的人也大多是草根。新中国成立前，他们中有些人拉黄包车或到码头扛大包，还有一些做小商贩，天天守着摊位，笑脸伺候顾客，再不就是做工人，天天拎着饭盒到工厂去上班。新中国成立后这些人虽然都成为工人阶级里的一员，可是由于没有文化，他们依旧是生活在最底层的普通人。

西新街的住户，以苏北人为多。你若在街上寻问，十有八九的人会说老家发大水时，他们从苏北逃难到上海来的。苏北人豪爽，说话直截了当，爱打抱不平，待人热情，家里若是来了客人，他们会倾其所有来宴待贵宾。因此，有的上海人说苏北人粗野、不会过日子。此外，苏北人爱说家乡话。住在这条街上的无锡人、宁波人、绍兴人、山东人为了和苏北人套近乎，也学讲苏北话，渐渐地，苏北方言成了西新街上的"官话"。

西新街里有很多条弄堂，大大小小，横七竖八，没有规则可循，但两条主街呈十字形是很清晰的。十字街交汇的地方人口最为密集。因为这儿是人来人往的必经之路，有人就在此设个小摊位卖东西，时间久了，集市也就形成了。蔬菜鱼蟹、猪羊牛肉、日杂百物、点心摊等，应有尽有。早上生意数卖大饼油条的最好。三个师傅守着摊位唱一台戏，和面的和面，炸油条的炸油条，收钱的收钱。打好的大饼围着炉边摆放，黑芝麻绿葱花，麦香味儿向四处飘散；炸好的油条根根竖立着，金黄灿亮，直吊人胃口。早晨上班的人往往是买两个大饼，再夹上一根油条，张开口就往大嘴巴里送，吃完一抹嘴，跨上脚踏车"嗖"地走了。做中班的笃悠悠起床，走到大饼摊上，叫上一碗咸豆浆，拣条长凳子坐下慢慢吃早点。吃完挎着竹篮去买菜，荤腥搭配，讨价还价，说说笑笑，然后笃姗姗回家。后来集市越来越热闹了，头脑活络的人便在街北头靠近长宁路的地方破墙开店，刚开始生意比较清淡，时间久了，也兴隆起来。西新街南头原先有条河浜，后来填埋了，变为一条马路。有人在路边开店做生意，但那儿行人始终稀疏，后来还是不行。南头的马路虽然不热闹，但却是我每天上学的必经之路。

　　我有时也去十字路口。因为堂叔肇义住在那儿。很小的时候，父亲带我到他家去过，读中学时也随父亲去过。肇义叔给我的印象是他家有好几幢房子。我至今仍然记得他家临街有个带楼的两开间的店铺，还有一处在弄堂深处，一排三间平房，宽敞不失明亮，单单天井院落就有几十平方米。相比我家六口人挤住在一间屋里，他家住的地方真的是太宽敞了。就是现在，他家宽敞的住屋也依然让我眼热。父亲讲过一件事，一九四九年，也就是西新街那场大火后，肇义叔曾答应出让一块空地给父亲，那块地有五十多平方米，他们当着中间人的面把价钱也谈妥了。哪知临到付款时，肇义叔变卦了。父亲说他这时手里刚好有公司给的离职遣散费三百块银元和十两黄金（旧制五百克为十六两），这点钱在空地上盖个二层小楼绰绰有余。盖屋不成，父亲将这些钱全部邮汇到老家买了十来亩地，没几年农村实行土改，买的田地全分给别人了。打从知道这件事后，我觉得肇义叔是个言而无信的人，他家里我不大肯去了。

　　肇义叔家不去，然而西新街还有个地方是我常去的——老虎灶。我到那儿是去打开水。那时候，上海居民大多烧煤球炉子。煤球炉子烧水费时，若家里洗澡或者来了客人，仅靠一个煤球炉子来不及供应。这时父亲或者母亲总会差我提着暖水瓶到老虎灶打开水。有时两只手要提四瓶水，人小负重。老虎灶的老板外号叫"唐毛头"，他儿子是我隔壁班级的同学，我们叫他"小唐毛头"。"小唐毛头"一副憨厚的样子，人都说他有点傻乎乎的，其实他一点儿也不傻。收钱做事，手脚利索，是父母的好帮手。有次我钱带得不够，他大手一挥，说下次再说。所谓下次再说，往往是免去水费的说辞。有时他看我拎水瓶吃力，便脚踏送水车顺路捎带我过凯旋路。现在想想，冬天里开水滚烫，比开水还要烫的是"小唐毛头"待人的热乎劲。

　　冬天我们隔三岔五到西新街浴室里洗澡，经过老虎灶时，常常看见"小唐毛头"在提着暖水瓶帮顾客灌水，想主动和他打个招呼，看他忙得一塌糊涂，也就快步走过了。在将要走到肇义叔家门口时，我不知为了什么，竟然在很远的地方就提高了关注度，这个关注度是为了一旦碰见他，就想法子尽量避开他。老实说，我多少有点讨厌他。说来也巧，我竟然好多年还真的没有碰到过他。我将这事告诉父亲，父亲先是斥责说小孩别管大人的事，又说他生病了。过了几年，父亲告诉我，肇义叔脑溢血走了。后来当我再去西新街，路过肇义叔家门口时，突然有一种莫名的伤感涌上心头，我觉得我以前待他有些苛刻。其实肇义叔并未有如我所想象的那般不近人情，当年他变卦，或许有些其他原因吧。即便没有，一般人在不到万不得已时，是不肯轻易出让自家不动产的。现在到了我这个岁数，更能理解了。

　　好多年过去，故人逸事或烟飞或灰灭，西新街也紧跟城市改造的大潮被拆得一干二净，地名也没有被沿用下来。每次路过西新街旧址时，目睹一幢幢耸入云霄的华厦，一种说不清的感慨在心中沉浮不定，不是难过，也非高兴，是五味交集，相当复杂。去年夏天，中山公园展厅有人将摄于西新街的旧照集中起来展览，举办者也许与我有同样怀旧的情思吧。老街很多，或生存发展，或消失灭亡，西新街已经没有了，但这条街烙在一代人心中的印痕却还未全部褪尽。也许我还记得西新街留给我的故事，但我终将会衰弱，不久以后，西新街终归会被这个世界抹拭得不剩一点儿痕迹。

2015年3月6日

洗澡

　　岁末寒九，天气特冷，朋友来电约去"大浪淘沙"洗澡。蒸了桑拿后，又享受一番泰式按摩。身心释放之余，半倚在沙发上，品饮佳茗。几个朋友谈兴甚浓，而我一言不发，眯缝起本来就不能再小的眼睛，想的尽是早些年前洗澡的旧事。虽有些苦涩，但更多的是一种说不清道不明的亲切。

　　上海人爱干净。爱干净的人喜欢洗澡。然而那时的上海人大都住在老式的里弄里，居室狭小逼仄，至于卫生浴房，多数人家没有。爱洗澡而又没洗澡的地方，这可真是个难以突破的生活瓶颈啊！我小时候是伴着这个瓶颈长大的。大伏天里还好。天色暗了，弄堂里的男人，光着膀子，穿条短裤，用铅桶在水龙头下接满水，然后拎到偏僻的地方，闭嘴屏气，从头上往下浇。一铅桶不行，再去接一桶。女人没办法，只好关上门窗在屋里洗。屋小气闷，洗好了，迅即摇着蒲扇出来乘凉。动作慢一点儿的，额头上的汗水又流了出来。这场景，是夏季里的主旋律，天天这样，家家如此。

　　最难熬的是冬天。这时男人没法再在露天里洗澡了。怎么办呢？只好花一毛钱到浴室里洗澡。离家不远的地方有家西新街浴室，浴室每到夏天冷冷清清，很少有人光顾，可天气一转冷，浴室就被附近的居民宠爱得像个宝贝似的。星期天的下午，男人们商量好似的一起蜂拥而至，排队洗澡的人很快变成了一条长龙。澡堂里走出来一人，这边放行一人。站在冷飕飕的西北风里，时间长了，身体冻得快没有感觉了，胳肢窝下掖着的替换衣服，有时滑落到地上好半天还没觉察到。当轮到自己购票进入浴室里的时候，心情很迫切，很多人急吼吼地脱光了衣裳，便往滚烫的水池里跳。哗啦啦飞溅起了水花，好像流泉落入潭水里。池小浴客多，那场景就好像往锅里下饺子似的，再陌生的人，皮肤间彼此相碰几下，是没有人会计较的。

女人比男人心疼钱，她们仍然选择在家里洗。只不过冬天洗澡要比伏天里麻烦。这天家里只要有女人决定洗澡了，全屋的人都得不到安宁。她们先从厨房间里拎来烧旺的煤球炉子，一边烧开水，一边温暖屋子，水烧开了，屋里也暖和了。这时，她们不停地把烧热的沸水倒入木盆里，热过头了，添加点凉水，凉水添多了，再往里倒点热水。循环反复，直至水温满意为止。她们怕人窥私，也惧冷风钻进来，在门窗有缝隙的地方，用细棉丝一一塞堵。考究一点儿的，还拿出汤婆子灌满热水烘暖替换的衣裳。一切准备停当，她们请家人暂且外出。洗完澡便又放开嗓门把在隔壁聊天的家人喊回来。此时你若踏进房门，准会见到地上好大一片湿漉漉的水渍，还能闻到空气里尚未完全散去的药水肥皂味。

认识附近工厂的门卫，偷偷地潜入工厂的浴室里蹭一次洗澡，这在当时是条省时省钱的捷径。拥有这种人脉关系的人，通常会受到人们的羡慕。隔壁毛头有个瘸子的表舅在轧钢厂做门卫，毛头常常在晚上混到工厂里去洗澡，有时也带上我。这时工人都在上班，澡池里只有寥寥可数的几个类似我们这样有关系的人。我四肢张开，把身体放在温热的清水里浸泡，很放松也很惬意。有人开心之余，还哼唱起了"好朋友再见"的歌曲。歌声在封闭的澡堂里回荡，好像安装了混响器，比平时好听多了。确实，比起西新街浴室人满为患的场景，这儿不知比那儿好多少倍。可好归好，终不是名正言顺地进来，这时最怕的是厂里分管后勤的头头来检查，如果查出来你是开后门进来时，他们一点儿情面也不讲，让你马上穿上衣服出去。说来可笑，我那时最大的理想竟然是能到这家工厂里当一个门卫。

可能有洗澡这层原因，那时住在老式里弄的女孩，她们谈对象比较喜欢住在工房里或洋房里的男生，因为这种人家里有卫生浴间，嫁过去，起码一辈子能够痛痛快快地无忧无虑地洗澡。男孩的出路，就只能指望上班的单位里有洗澡的地方。我参加工作时，因厂子小且又路远，一度不大高兴，但得知厂里有锅炉房有澡堂时，就去报到了。父亲还说："你以后就再也不用为洗澡发愁了。"父亲这个讲法固然不错，但也不完全是正确的。因为厂里毕竟不能等同于家庭。比如我曾因身体原因在家病休了两个星期，才休息几天，浑身就不舒服，不舒服的原因是家里没法子洗澡。总不见得为洗澡而专门坐好长时间的公交车去单位里吧。没辙，只好再次很不情愿地到西新街浴室的门口去排队。还有一次，那是在职读大学时，为应付期末考试，学校里给了一个月的假期复习。这一个月里，我躲在家里专心攻读，可才过几天，身上油腻腻的感觉又冒出来了，洗澡的难题又摆在面前。还好这时有位同窗在轧钢厂的工会工作，他得知我的情况后，一下子给了我十张他们厂里发放给家属用的浴券。

　　一九八〇年，我由车间调至科室工作，因为工作的关系，常到外地出差。走出狭小的车间，视野扩大，见识了新世面，其中包括了洗澡的场面。

　　这年冬天，我到山东济南出差，去之前听人说，济南是泉城，浴池里洗澡的水也是泉水，水特别好。买好去济南的火车票，故意几天不洗澡。早晨到了济南，白天办事，晚饭是对方单位招待。杯觥交错中透露出想去洗澡的打算，对方单位的领导一口答应，说这没问题。饭后果然派了一位同志陪同我们一齐去，姑且叫这位同志小朱吧。至今还记得这家浴室的门头有点古色古香。小朱说这是济南最好的澡堂子。进门有红木做的屏风，上面雕刻着九龙戏水的图案。掀开两道厚厚的棉袍似的门帘，便是男子部更衣室的大堂。大堂服务员手持挑衣棒，脸上堆满了笑意。问我和小朱：喜欢到包间还是大堂？在得到我们示意后，服务员给了一块刻有包间号码的木牌，并领我们进了包间后退出。不一会儿，包间的服务员沏了两杯绿茶过来，我们喝了几口定定神，然后慢吞吞地脱去衣裳，服务员便用挑衣棒将我们的衣裳一一挂在头顶上方的架钩上。我们与小朱刚认识，突然袒诚相见，有点不好意思，于是马上拿条干净的毛巾裹住下身，趿上木板拖鞋，"呱唧呱唧"地朝大池走去。水池分大中小三个，分别为大烫、中烫和低烫。浴客中不怕烫的人，自个给自个壮胆，大喊一声，径直往大烫的池子里跳；怕烫的浴客，则先将腿脚伸进低烫的池子里，然后再逐渐替换池子。我怕烫，入池后先坐在池阶上，不停地撩起水花往肩及胸部浸润，让身体适应后再一步步朝低烫的池水里走。到了池水里，双臂伸开，两腿叉开，任水的浮力轻轻摇晃身体。泡累了，再找来服务员搓背。搓背师傅把毛巾轻轻缠绕在掌心，又搓又揉又捻，直至把你全身搞得经络畅通，通体泛红为止。搓完背，浴客可选择重新入池浸泡，也可选择莲蓬头冲洗。大多数人选择后者。那时还没有时兴洗桑拿，所以至此，洗浴算是结束了。这时服务员递过干毛巾让你擦身，擦干了身子，取一条长方形浴巾围腰裹上，便朝包间里走去。包间的服务员见你洗好了，立马重新给你沏茶。那种享受的快感和被人服侍的派头，让人欲罢不能。当晚洗澡的浴资，我记得每人花费了一元两角。当时这点钱是我一日的薪水，数目不算小。可澡堂里是没有发票开具的，就是开具了发票也没有办法报销，小朱为此想尽了办法。回上海后在电话里听说这件事，心里不太好受。就是现在回忆起这件事，心里还是有负疚的感觉。

　　不管怎么讲，这次济南之行还是让我改变了以往对洗澡的认识。洗澡不仅是卫生之需，而且还是一种生活方式，更是带有一点休闲文化的享受。其实当时上海也有类似高档的浴室，似新闸路上的德清池、江苏路上的五龙池。只是我见识不多，仅仅在西新街这种低档的浴室混过，而西新街浴室在当时又几乎让我误认为上海的浴室都是这种设施和服务水准。改革开放后，人民的生活水平有了提高，各地的洗浴文化有了大大的发展。现在豪华的浴场里都设有了饭店、旅馆、茶室、按摩、足浴，装修的档次也越来越高。老实讲，现在说去洗澡，其实洗澡已经不算主要的活动，名堂全都在吃饭、喝茶、按摩、足浴等这些服务里。就比如此时的我，洗澡只用了二十来分钟，按摩却用去个把小时，接下来还得穿好浴衣系紧浴裤去吃饭。吃饭后还有其他的项目要做。其实我已经有些累了，但碍于朋友们同浴之情面，我还得把名为洗澡的洗澡继续玩下去。

2014年12月31日

我的上海故事

上海，位置在长江入海口。这是我居住的城市。

说到上海的往昔辰光，许多人以为只有百年左右，其实上海远不止这般浅薄。上海青浦的福泉山，高不过二十多米，那儿层层叠加的文化层土不但有新石器时代良渚文化墓葬，还有战国与西汉唐宋时的墓葬。这样说来，很早就有先民在上海这块被海水时时打湿的土地上生活了。然而上海的历史依旧是苍白的，它不像西安有秦陵有兵马俑，也不像北京有长城有故宫，也没有开封"杯酒释兵权"那样久远而醇厚的故事。上海的历史好像只有弄堂里的石库门天井和彩色玻璃砌成的窗洞，这点东西放在哪里都算不上文物，教科书里更不会有它的影子。

我是随父母来到这座城市的。他们在创造离开农田的生活时，也创造了我。

父亲来沪时，是民国时代，母亲来上海时却已经是新中国成立后的次秋了。从父亲把他的收入全部用于在老家置办田产可以看出，父亲在沪上的打拼只是一种短暂的打算。他一共买了五十四亩田地（土改时，我老家那儿规定，一户人家有六十亩以上者划为地主），买地的目的就是为了在他老了以后返回故乡有地可种，有地种就有一口饭吃。然而母亲来了就再也不愿返回故乡，她觉得在上海赚钱比在老家拨弄泥块轻松多了，可能隐潜在她心里还有另外的想法。因为母亲的坚持，我们一家在上海扎下了根来。后来的许多年里，城市户口簿简直是一道免除饥饿和享受幸福的护身符，许多身陷农门的人做梦都想获取这本薄薄的户口本子。上海是数一数二的大城市，它的居民户口簿含金量也最高。我在这座城市里念书、工作，常常被我老家的亲戚们用羡慕的眼光扫描。

父亲由于他的母亲、我的祖母在微山湖畔过着农耕生活，所以他每隔一段时间就要往老家跑。乡下亲戚到南方来时，也常常光顾我家。空手不返故乡，父亲回老家总买些轻纺工业品，如肥皂、毛巾、绒线、手电筒等物，从老家带回来的是那里出产的红枣、煎饼、芝麻、花生米等。山东煎饼薄而脆，咬在嘴里，很容易掉碎渣，如用热气浸湿一下，煎饼就会变软，这时卷上菜、蘸酱吃，风味很不一般。我喜欢把刚炒好的鸡蛋辣椒卷在里面吃，就像大饼裹油条那样。本地的上海人每次看见我的这种吃法总笑话我土气。是的，与他们吃面包、喝牛奶、吃酒酿圆子相比，我这种吃相的确有几分北方的粗糙和乡间的野气。然而我觉得这是上苍赐予我的故土本色。本色没有土洋高下之分，本色一定程度上说是一种标识，我的标识就是煎饼卷鸡蛋辣椒。超出食品本身的是，这些再寻常不过的农副产品在当时成了维系我们与原籍老家情感的桥梁。父亲与乡间来的亲戚喝酒聊天，当乡音从屋里飞到门窗外时，我们家俨然成了被吴语包围着的齐鲁大地。

可是在上海生活，并不等于我就是一个上海人了。我那时虽已经算是"沪二代"了，但从穿衣饮食到风俗习惯，我流露出来更多的好像还是山东人的做派。单就每天交流用的上海话来说，个别字的发音，我一不留心便流露出鲁南人的侉腔，从而失却吴语特有的糯软。在本地的同学或同事眼中，我是客帮人，而在来自宁波绍兴一带的上海人中，他们会说我是山东人。总之，好像他们才是正宗的上海人。但这并不等于说上海是个排外的地方，恰恰相反，上海是一个有能力也特别喜欢将其他个体融入自己地域的一座城市，问题是海派文化特有的细腻和讲究，并不是仅凭你一代人的努力就能融入其中的，它需要多方熏陶和不断地磨砺。尽管至今我还不完全具备上海人的特质，但山东人特有的直爽和干脆还是让我赢得了很多南方朋友的认可，他们不会因为我的原籍而忽视我作为上海人的存在。百事繁杂，有容乃大，上海有这气度。

参加工作乃至结婚成家，我远离了父母领着过日子的生活方式——山东人的生活方式。可以这样说，婚姻有点像是与人合伙做买卖，即双方按入股百分之五十的份额说话拿主意，婚后我必须要接受新的约束与规定。从过程与结果看，这些约束与规定是一种生活习俗的改良或者叫作变通。几十年过去，本来不太爱听的南方越剧，现在也觉得声音优美动听；本来炒菜炖肉忌讳在里面放白砂糖，现在没了甜味就觉得不鲜美；本来嗓门很大、习惯于直抒胸臆，现在也学会了一点儿柔软委婉的表示方式。总之，我的身骨和灵魂已经被黄浦江的江水里里外外浸泡透了，上海思维、上海穿着、上海气息、上海味道每时每刻会从我身上散发出来。随着新时代数以百万计的新移民来到上海，上海人的元素已在无形中重新作了分配，是过程也是结果，"新上海人"一词的出现，标志着我铁定地被划入了"老上海人"这一边。今天的我，除发小外，已经很少有人还记起我的籍贯了。

父亲走了有二十年了。遵他的遗嘱，将他出生的地方作为他永久的安息之地。每次祭奠返乡，听着乡音，看着微山湖镜子一般的湖面和远处模模糊糊的山影，我心中就有数种矛盾的念头在不停地交叉冲突。这儿是我的老家，然而现在我只是一个过客。这儿商铺的格局、房屋的制式、三餐的食物、人情往来的礼仪、卫生的习惯、田野的风景等，对我而言，已经谈不上对这些的接受与喜好，因为我觉得，它们实际上已少与我有直接的关系。我常常把自己比拟成一个离群独行老狼的后代（先父就是那头老狼），无法也不会在齐鲁的族群里寻找归附，同时我也相信，我不大可能再被族群简单地接纳。我只是我，一个口袋里揣着上海身份证过客一般的人物。我今天还能到这里来，因为这儿有我的侄儿、有先父的坟地。一旦我也见了上帝，那么我的后人是很少再会来这儿了。

人近六十，余下的日子就不能算多了，在这不多的时光里，我唯一可做的也就是夹在黄浦江和苏州河中间生活。我喝由青草地引来的长江水，我在黄浦江外滩的长椅上晒太阳，我俯身拾起龙华寺黄昏的塔影，我静静聆听外白渡桥下面江水碰岸的声音……不可否认，女儿血液里流淌的依然是山东的河，但流淌的状态又何其尴尬呢！按我的嘱咐，她从小便在履历表上填写着籍贯山东的字句，但她其实已经说不出半句的山东话了，她开口闭口蹦出最多的是"阿拉"两字，我甚至怀疑她内心里是否还有原籍在山东的概念。她是这样的。待她有了下一代，恐怕这个小鬼，就只会在原籍登记表上大大方方地填写上海二字了。

上海历史或许不算长，它的故事等待像我这样的人去创造精彩。可惜我没有精彩，所以我只好将自己这仅有的一点儿平淡说出来，只表明我曾经有过改变，且是很多上海人的故事之一。

2014年1月4日

槐树街

　　异地投宿，一般是喜欢找星级高的酒店下榻，当然，也有因为钱的缘由，去找价廉的经济型酒店。我不是一个有钱的人，所以常常喜欢在价高与价廉之间找个避雨挡风的地方。但这回在明州却不是，只因在网上寻到"槐树街"三个字时，便决定要住在这条路上。我对标有槐树字样的地方特有好感。

　　这条路上有两家旅馆，选了其中一家叫"槐花姐"的住下。选这家，是因为它处在槐树街的中段，从这儿出门，往左或往右都很方便。

　　旅馆叫"槐花姐"，任谁听了都会心生遐想。办理入住的是个高个子男人，这与"槐花姐"的概念反差很大，叫"槐花哥"好像更符合一点儿。出示了身份证后迅速地扫描，然后再传入公安局的监控网。这是一家正规得不能再正规的旅馆。"槐花姐"只是店招，与任何花色无关。

　　住在三楼临街的房间。房间下面就是槐树街。窗下是一株枝叶茂盛的灰黑色槐树，四散开来，若从下面往上望，当称为绿荫如盖才是。为行人遮阴，是当之无愧的道荫树。和其他植物相似，它也散发出一种清香味。在窗台俯身可及树叶，屋里也飘逸着淡淡的槐叶味。过街是堤坝，堤坝里是缓缓流动的江水。叫什么江？记不清楚，有三条江穿城而过，别人曾告诉过我，但我还是记不起来了。槐树街有一排排槐树，还被一条透亮的江水浸润着，这是一条美丽的街路。

　　乘了几个小时的长途车，身子骨有点疲软。在看着街景想着心事的同时，眼皮不敌困顿的侵袭，竟躺在沙发上迷迷糊糊起来。醒来时已是华灯璀璨。俯瞰绸缎似的江面，灯光映照在上面好像黑色鱼鳞在闪闪发光。轮船的汽笛声从远方传来。进了城是不允许拉响汽笛的，这肯定是在郊外分界处鸣放的，它也许是按约好的在通知码头做好卸货的准备。我当然不会管这些事，只是觉得这久违的物景和声响好亲切，它让我仿佛又置身于孩童时的吴淞江畔。那时午后，抑或夜半，都会有小货轮上的汽笛声从河道上飘荡过来。

床头柜上有家叫"河鲜"饭馆的广告牌，说饭馆就在旅馆的隔壁，也有送饭到房间的服务。我虽然打了个瞌睡，但仍懒得多动，再则也不想一人这么晚了，傻乎乎地坐在小饭馆里被别人当作风景看，遂打了个电话点了红烧青鱼段和醋熘土豆丝。背包里还有在火车上喝剩的"小糊涂仙"酒和面包，这样将就一顿，应该是没问题的。

不一会儿有人敲门。一个有着弯弯月亮身段的女人笑盈盈地拎着饭盒装饰着门框。她递我接，然后付款。她说了句，酒好香啊！我将酒瓶给她看。她接了过去，又凑近瓶口深深闻了闻，又说了句，这酒真好。看来她是一个爱喝酒的人。正好拉杆箱里有两瓶酒，一瓶二两装的，一瓶一斤装的。我取出二两装的，说："送你尝尝。"她笑了，竟一点儿也不客气地收下，只是马上就把收我的饭款还与了我，说了句"咱们两不欠"。然后一阵风似的走了。人虽然走远了，可她那一笑就露出的两排白牙的模样似乎还在那里。

次日早上醒来，出店门到江堤上散步。江面上笼罩着淡淡的薄雾，这对航行者固然不便，可并不妨碍江岸上欣赏风景的人。就如我。江风微微吹着，吹乱了头发，拢了拢又往前走。走着看着。见有三二人围着身穿橡胶裤的人，我遂凑前探望。橡胶裤人正收着渔网，蜿蜒的渔网上不规则地缀着一些鱼儿，大的斤吧，小的几两。鱼儿不甘被擒，拼着力气晃动着尾巴，水珠溅射开来。围观的人里有个是女的，她提着个带盖的竹篮子，正从橡胶裤人手里接过一条条鱼儿投进竹篮里。不一会儿装满了。又换了个竹篮，直至装了个大半，才咯咯一笑，说："不要了！不要了！"声音很熟。细辨认，竟是昨晚送饭的女人。这时她也认出了我，两排白牙又露出了，说道："饭店的鱼都是这个师傅打上来的。中午你到饭店里来，尝尝这新打的鱼吧！"

本来明州L朋友要请我吃饭。我说："这回咱们得改动下规则，我请你。"他说："为甚？"我说："有个朋友在这儿开饭店。"L朋友闻言大喜，说一定来。

我早早地来到了"河鲜"饭馆。饭馆不大，只有七八个车厢式座位。地板拖得一尘不染，桌椅摆放得整整齐齐。最给我好感的是，餐桌上都铺上白布，桌上还放着一个小小的花瓶，瓶口插上一朵半蕾半放的红花。因为是绢布制成的，所以比真花还要艳丽。送饭的女人见我来了，显示几分兴奋。与昨晚、今晨相比，此刻的她略施薄妆，而且放开性子的笑声里似也有了几分收敛。比前两回见时，她的女人味更足了点。她为我倒了杯茶，然后自己也坐在对面。我们聊了起来。

"这条马路叫槐花街，很好听的。"我说。

"是的，我也觉得好听。所以六年前就选这儿开饭店了。"她答。

"原来你是老板娘。"我说。

"什么老板娘？我们都是家里人合伙干，两个弟弟和弟媳，只叫了几个人帮工，我们赚的也都是自己的工资钱。"她答。

"你喜欢喝酒？"我将昨晚的疑问提了出来。

"我在酒厂待过。我一闻便闻出了你的酒是佳酿。"她答。

她接着告诉我，我送她的酒，她放在酒柜上了。客人里有喜欢喝好酒的，她一直想进点带品牌的酒，可没有找到合适的酒。这"小糊涂仙"挺好的。她准备进两箱这样的酒。

"旅馆叫'槐花姐'，怎么会取这名？"我说。

"哈哈！这是我的名字。开旅馆时取了好几个名字，工商说重复了，没批下来。后来我大弟说槐树街上都知槐花姐，咱就用这名字吧！查了一下，还真的没重名。"她大笑道。

她还告诉我，她家村里到处栽的就是槐树，她那个村庄也叫王家槐。因是老大，村里人都叫她槐花姐。几年前她来明州打工，就租下房子住在槐树街上。她说她一看这路名就打心眼里觉得亲近。后来把家里两个弟弟一起叫来，攒了几年钱，合伙开了饭馆，又开了旅馆。

不一会儿L朋友来了。槐花姐下厨房做事就和她说话一样麻利，顷刻之间，便用清早捕的杂鱼小虾为我们做好几个菜。好菜得配好酒，我欲打开还未启封的"小糊涂仙"酒，槐花姐戏言说尝尝她饭馆里的镇馆之酒。柜台上有一个大玻璃瓶，里面装满了酒，还有一串串椭圆形花朵模样的东西浸泡里面，酒色泛黄。槐花姐说这酒是她家乡产的，她以前在这家酒厂上班。每年初夏，她都打落树上的槐花放入瓶里浸泡。这酒该叫槐花酒。我呡了一口，清香绵软且甘洌醇净，味道确实不错。

那一顿午饭吃了好几个小时，很尽兴。结算饭钱时，槐花姐硬是不收酒钱，说酒是送的。我不好意思，就将那瓶还未启封的"小糊涂仙"送与她。她这回不肯收了。我说留个纪念吧！她这才收下。并说道："这酒先搁在这里，等你们下回来喝。"

临别明州时，槐花姐还送我一瓶用方瓶装的槐花酒。以后我再也没有到过明州。听L朋友说，他与朋友又到那儿喝过几回酒，槐花姐问起我啥时再来，并说我送她的那瓶"小糊涂仙"还一直搁在那儿，等我去喝。不过槐花姐送的槐花酒，我也一直没舍得喝。许是时间放得久了，酒色比以前更加黄了。

2014年5月28日

杜家宅那株银杏树

　　杜家宅是一个村庄。若从天山路到北新泾，半途左侧就是。村庄由低矮瓦房和庭院、草木组成。绿色的田野包围着村庄。那时，似这样横着的村庄很多。多了就普通。但杜家宅不普通，不普通的地方，是它的村北头有株高高挺立着的银杏树。方圆百里就这一株。

　　那时，银杏树六百多岁了。树干皱褶纵横。突出的筋腱像瘤，凹陷进去的似吸气的腹肌。树干半枯。枯的一半，好像在打盹在睡觉。活着的，舒畅地长满青枝绿叶。神奇的是，绿的叶片有时会袅袅升起气雾，人们都说那是大树在呼吸空气。树的根部有个很深的洞，黑咕隆咚，没人敢伸脑袋往里面窥探，因为曾经有蛇从树洞里窜出来过。附近有蜕化的蛇皮，人们都说那是住在里面的蛇精夜晚换衣裙扔下的。在别的村庄，村民喜欢聚集在树下乘凉聊天，嘻嘻哈哈什么话都不忌讳。在杜家宅，人们敬畏银杏树，没人敢在树下瞎三话四。逢年过节，本村的人都在树下供奉祭品，敬香磕头。别地方的人也带着祭品赶来敬香磕头。那时我坐公交车经过，常常看见银杏树的上端香烟缭绕。

　　我有位陈姓朋友住在杜家宅。陈父丧偶，并未再娶。很奇怪，我和陈在一起话儿并不多，可和他父亲在一起时话儿反而多，而且比陈更显得亲近。我是看树找陈的父亲的。陈的父亲喜爱这株树，我们在一起谈银杏树。在我眼里，陈的父亲也是一株陈年老树。常看他拿扫帚到树下清扫护养。谁要是在树下说些不敬的话，或是随意地将香烟屁股摁在树身上，他都会叱责，话说得很重。树在他眼里是祖宗。是先有树，人们就在树旁搭建了房屋？还是先有人，在这儿居住了以后种了树？村里的人说法不一，有的说先有树，有的说先有人。两种说法的人碰到一起并不争执，他们熟谙对方的意思，也不屑再说出自己的主张。陈的父亲说是先有树。后来查地方志，杜家宅建村才三百多年。陈的父亲让我佩服，我觉得他比别人懂树。

　　树大如神。如神的大树肯定会有故事。当年侵华的日军驻扎这里，村民藐视他们，而对这株树却顶礼膜拜有加。日军想砍掉这株树，结果每砍一刀，树的伤口就会流出血色的液体，还有烟冒出来。日军慌了神，赶忙摆好几案焚香敬拜。陈的父亲说那时他还小，但这一幕却是亲眼所见的。二十世纪八十年代初，附近的天原化工厂发生化学品爆炸事故。大树离化工厂好几百米，按理这爆炸与它并不相干，不料它竟然也跟着燃烧起来。村民慌了，不分长幼一齐浇水救树。次日，我赶往爆炸现场看究竟，也顺便去村里看银杏树。树烧得不轻，局部有燃烧后变黑的残渣，形似木炭。神奇的是，树还活着。

　　九十年代后我工作调动，就不再往那个区域跑了。期间老父有病长期卧床，我与家人轮流服侍在侧。同时，我还要抚育女儿，还要上班，还要考职称，忙得一塌糊涂。在这种状态下，事实上不会也没时间再去顾及杜家宅那株银杏树了。后来传来消息，说杜家宅被开发商相中了，在撒了一大把钱后，造起了住宅小区，还开辟了一条叫茅台路的马路。斗转星移，往事悠悠，陈的父亲要是在的话，该有九十高龄了。是生是逝，皆不足为怪。我当然希望他老人家还在世上。至于那株银杏树的命运我没敢去想。没敢去想，是害怕想，是心生惧感。当年日军砍伐用刀，一刀又一刀，大树有足够时间表达抗议。现在用电锯，只要摁下按钮，什么都在瞬息之间灰飞烟灭……

　　寒风吹秋，银杏树黄叶飘满地。杜家宅那株银杏树还在的话，年纪大概也有七百岁了吧！

2014年10月28日

柜台酒

小店就叫"柜台酒"，专卖黄酒。店家将酒坛摞起，大坛放下面，小的放上面，层层叠加，状如宝塔。酒坛的坛口用黄泥封得严严实实，红布条扎在坛口的颈处。风儿一吹，红布条飘起，十分喜庆。顾客有整坛买的，也有自带可乐空瓶零拷的。

酒店还可堂吃。L字形柜台，走廊放一排两人小座，所谓一排，其实也就是三张双人的酒桌。柜台上白锈钢方盘里盛装着咸草鸡、油爆虾、熏青鱼、水晶肴蹄、糖醋排骨、红肠、泡菜、芹菜、花菜、水煮花生等下酒菜。

那些以酒会友的、借酒浇愁的、过酒瘾的人常到这儿来消磨光阴，他们抽完自带的烟，喝净了瓶里的酒，然后带着一身酒气离开。

老板挺会笼络人的。每逢客人走时，老板和老板娘站在柜台里和客人道别："走好啊！下次再来哦！"酒客好像更在意老板娘的招呼，老板也没有醋意，可能是一种默契，后来由老板娘一个人向客人招手示意。白嫩的小手映着酒坛上的红布条，是一种风景。

我也曾光顾过，光顾是老板娘的口头禅。她冲我笑，也伸出白嫩的小手。我开始到酒店是路过，后来却是专门去。有酒喝，还有佳丽给你嫣然一笑，觉得很值。

我通常是在下午一点钟的样子去，那时人稀客少。我呡两口酒，和老板娘搭讪可有可无的话。老板娘有时看我盘里的菜所剩无几了，便用笤子给我免费添些豆干拌芹类的素菜，笑着说："今儿这个是我做的，请你尝尝点个赞。"有时她给的菜多了，我会再添些酒。她笑得很甜，眼睛眯缝成一条细线，牙齿很白。

老板疼爱老板娘。老板娘挺依赖老板的，店里重活累活都由老板干，老板娘只负责收款和招呼顾客。那次，看见老板娘和老板干仗。还没吵上几句，老板娘随手操起一个空酒瓶向对方砸去。老板满脸是血，老板娘并不饶恕，嘴里嚷道："叫你个邱二曲死去。"老板一手捂住血脸，一手要拿我桌上的酒杯还击。我赶忙拉住老板的手劝开。老板狠声道："好你个陈小娥，今天算你狠。"老板大概不想和女人斗，骂骂咧咧地走了。老板娘低下头呜呜地哭。

在吵骂里我知道了老板叫邱二曲，老板娘叫陈小娥。为什么吵？没能听出个究竟来。那天喝酒的气氛被他俩这么一闹破坏得一干二净，付钱，走人。陈小娥说什么也没要钱。

从那以后，好长时间没去。

上个月的某天，我心绪纷乱如麻。我想一个人喝酒。到"柜台酒"，店依旧开着，还是那块牌子。店里柜台站着一位女人，比陈小娥年轻。正不知如何说话时，邱二曲出来了。他认出了我，窘笑道："好长日子没来了。"安顿我坐下，叫酒点菜。

酒客告诉我，柜台里这个原是妻妹，叫陈二娥，现在嫁给邱二曲了。

我一边喝酒，一边看些手机上的八卦新闻，手机玩厌了，又想起邱二曲夫妇的事。上次两人又骂又打，莫非就是为这事？如是这事，还真的不大好说出口来。

二娥很像姐姐，只是腰更细，眼睛没有小娥那么安静。不知陈小娥去哪里了。

有个酒客说，在定海路开店，还叫"柜台酒"。

2016年5月1日

剃头

父亲比较在意人的衣着与修饰。他常讲，一个人是否精神，除了衣着打扮外，就是头发修剪的好坏。他注重理发可从两个方面看出来：每个月的一至五日，是他铁定的剃头时间，再忙也要去理发。其次是他只找熟悉的剃头师傅，他接受不了陌生的理发师在他头顶上摆弄修剪。问他为啥，他说剃头师傅剃熟了，他知道你的头型，他会依型而剃的。

替父亲剃头的师傅叫小矮子。小矮子一米六不到，许多女人都比他高。小矮子是他的绰号，也是他身高的写照。小矮子住在弄堂的南头。弄堂的北头通长宁路，他的剃头铺子摆在长宁路上。所以他每天都要背着装满理发工具的箱子从我家门口走过。他与父亲是老熟人，父亲剃头只认可他，他也熟悉父亲的头型，知道怎么替父亲剃头。因为熟悉，他也知道父亲正式的休息日是星期一。每到月初的这一天，小矮子就会自动找上门来。父亲剃头时有点正襟危坐的样子，不说话，不喝水，不抽烟（他烟瘾、茶瘾都很大，做事及与人说话时可同时保持这两样嗜好），直至头发理好、胡子刮完，热毛巾擦完脸后，他才笑逐颜开，摸支烟点上火。然后，父亲再叫来我们兄弟四个逐一上阵，任由小矮子在我们头上"咔嚓，咔嚓"地飞剪走刀。走一户人家就能揽下五个剃头的活儿，这对小矮子来说是很划得来的事。每次他都始终如一地显示出高兴的样子。

中学毕业后，我进了工厂做学徒工，按我那个厂里的规定，学徒工住职工宿舍，一个星期回家一次。这样，我就不便再和父亲一起找小矮子剃头了。有次头发长了，随意在厂里找个业余理发师三下五除二就完了事。哪知星期天回到家里，父亲第一个动作就是细细地端详我的头，并且指出这不好，那不好。脸色沉下来说："啥钱可以省，剃头的钱不能省。"末了加了句："剃头的技术，还是扬州人好。"他说的扬州人是指小矮子。我明白父亲的意思。从这以后，就再也不让厂里的业余理发师帮我剃头了。逢月初回家时，头发都留得长长的，然后与父亲一起坐等小矮子上门剃头。

也许是习惯使然，直至父亲病逝后，我依旧找小矮子剃头。有次问小矮子："你给我父亲剃了多少年了？"小矮子说："解放前就剃了。"我又问："你们怎么认识的？"小矮子说："我以前在淮海路沪江美发店学徒，当时你父亲常到那个地方理发。"他还告诉我：沪江美发店在淮海路上，是上海数一数二的大店。他的师傅是店主蔡万江，因个子小，蔡师傅不让他上去剃头，为了这，小矮子一赌气离开了。他说："当时你父亲有钱，比现在混得好。"一个连剃头匠都不肯轻易调换的人，除了念旧，还有就是无限信任别人的精神。小矮子告诉我这些，让我对父亲又多了一些敬意。

小矮子是我父亲一辈的人，父亲辞世多年后，他也变老了。每当看见他颤颤巍巍地背着理发工具箱子走路的样子时，一阵酸楚涌上了我的心头。待我再找他剃头时，改口叫了他一声大叔。从绰号小矮子到恭敬地称他为大叔，他显然听明白了这里面的意思，圆圆的满是皱巴巴的脸上顿时泛出了微微的笑意。

这些都是好多年前的事了。

小矮子大叔也早已离开了人世。

也许是受父亲的影响，我剃头也只找一位师傅，找了以后就再也没更换过。

2016 年 6 月 13 日

暑日忆暑

暑天难熬是句老话，意思是大暑的时候，人们好像生活在蒸笼里，是难以忍耐的。当然那是过去，现在空调普及，人们可以舒舒服服过夏天了。但是，当我从记忆的抽屉里翻检出这句老话时，我的眼前还是不断地浮现出以前聊度苦夏时的情景。

一九七三年，中学毕业的我，被分配到一家郊区工厂做学徒工。厂里规定，新入职的工人，学徒期间必须住在集体宿舍里，只有星期天才可以回家。宿舍与厂里的行政办公室在同一幢大楼里，办公室在三楼，职工宿舍在顶层五楼。顶层是没有做过隔热处理的平顶。这样的屋顶，冬天特别冷，到了夏令，太阳直射顶层的水泥预制板，屋里又特别热。白天上班不在屋里，不觉得什么，下班后回到宿舍，人好像掉进了烤箱里。热烘烘的暑气在屋里聚集，不到凌晨不会散去。虽然我们在屋里只穿一条短裤衩，可汗水还是不停地流淌。当时电力紧张，厂里禁止非生产用电，所以宿舍里没有安装电风扇，降温只得靠手中的蒲扇。大家躺在蚊帐里，你扇我也扇，整个夜间，呼呼的扇子声没有停止过。

宿舍里不准安装风扇，三楼的办公室里也不准安装。这样就苦坏了办公室人员，他们穿戴齐整地坐在办公室里。写文件时通常是两手并用，即一手握笔杆子，一手摇扇子，有时扇子用劲大了，还会将文件扇到地上。那时没有桶装水，办公室里喝水，得派两个年轻一点的人，在上班铃敲响之前，抬着保温桶到食堂里打开水。开水抬回来后，习惯喝白开水的，灌满杯子，放在一边凉着；喜欢喝茶的，抓一把茶叶放杯里，笃悠悠地沏茶。待众人把喝水的事办完以后，再检查用线绳捆扎在椅子上的蒲扇是否牢固。蒲扇捆扎在椅子上，是防外来人员借扇子，因为常有人拿走了扇子忘记还回来。如果没有一把蒲扇相伴，行政人员的工作会严重受到影响。

上海夏天的弄堂风情也颇具沪上特色。众所周知，上海人居住的条件不宽裕，很多人家的房子很小，五六口人挤在一间只有十五平方米的屋子里。在这种条件下，上海人讲究个人私密性的习惯也只好破例了，很多人把本该放在室内做的事拿到室外做了。比如利用在外乘凉的时候，一边与人聊天，一边拣鸡毛菜、掐豆角、剥毛豆，勤快一点儿的女人，还将昨晚洗澡替换下来的内衣内裤拿来洗涤。弄堂里穿堂风的地方因为凉快，是人们最乐意聚拢在一起的地方。这时就是忽然来了客人，主人也舍不得离开，在大庭广众之下会友是司空见惯的事，当然，异性朋友来了就另当别论了。

天热屋又小，上海人爱把吃晚饭的桌子放在自家门口，菜的数量和质量也就公布于邻里之间了。爱面子是人的天性，大家都想把饭桌上的菜肴搞得好看一点儿。我家里没有女孩，很小的我，就被父母"扶"上当家人的"宝座"。所谓当家，就是父母将买菜的零头钱交与你，由你决定每天买啥菜。暑天里的菜金，母亲通常会多给几毛钱，说拣好的买，别让人瞧不起。而这些叮嘱在天冷时是不会说的。吃饭时，邻居的眼睛通常会你飘过来我瞥过去，而且都装作若无其事的样子。关系好的邻居，相互送点好吃的，常常是你盛半碗带鱼，我挟几块排骨的送来送去，场面很热络。这时候如果能够喝上一瓶被井水冷过的啤酒是天大的享受，可是那时市场上很少有啤酒供应。马路上的饭店，有时对外出售数量不多的散装冰啤酒，消息传来，大家便蜂拥着去排队。买到的人兴高采烈，摆在晚饭的桌上，那着实是很有颜面的一件事。

在马路边打牌也是消磨暑气的好法子，而且牌局一开，不过夜半不会收场。那时不允许打麻将，也没有麻将打。打牌就是打扑克。有一种叫"捉猪猡"的玩法很流行，这是一种类似40分样的扑克牌玩法，谁吃分多，谁就算输。输的人或"夹耳朵"或"顶拖鞋"，再嫌不够刺激，便取来毛笔蘸墨水画脸，脸上笔画多，输得就多。因为有了这些刺激的法子，大家打牌格外认真。马路边上的路灯比里弄里的路灯亮，所以马路电线杆路灯下面，打牌人早早在那儿摆好了牌场，观战的人围在一边，东一堆西一摊，嘻嘻哈哈，笑语在无形中将暑气化解了几分。

上海人还有一种不雅的消暑法子，这就是在露天里洗澡。露天洗澡是弄堂里男人专有的享受，这时男人可以稍微放肆一点。找个人少偏僻的地方，有人着一条平脚短裤，有人甚至就穿一条三角裤衩，从灶皮间里接上一根橡皮管，打开自来水，"哗啦啦"地从上往下冲凉。肚脐下的三角地带怎么洗？只要看看四周没人，用最快的速度拿小块的肥皂在里面上搓下揉，随后把自来水管子移至裤内来回移动，肥皂沫顺着大腿纷纷流下，那个爽利劲实是将污垢连同暑气一起冲洗掉了。夏天在露天里洗澡实是无奈之举，邻家的异性大多不会吱声，而是悄悄地别过脸朝其他地方看去。

2015 年 7 月 30 日

栗子的回忆

　　天气渐渐转冷，栗子生意又红火起来，糖炒栗子的香味也随之弥散在马路的上空。

　　读小学时便识得糖炒栗子。那时冬天比现在冷，水果店的苹果、梨子、香蕉被寒风吹得皱缩了，个头比平时小了一圈，貌相极其难看，买的人不多。每年逢这个时段，水果店将生意的重点放在煮菱角和炒栗子上。煮菱角省事，只要招呼着，不让铁锅里的水烧干就行。炒栗子费工，通常两人联手，一个炒一个卖。黄昏时段是栗子生意好的时候。下班的人空着肚子往家里赶，糖炒栗子的甜香味对他们来说是个不小的诱惑，有人抵挡不住，便掏钱买些吃。店家每到这时便把"天津良乡栗子"的广告牌子扶扶正，并且扭亮栗子炒锅上空的大支光电灯泡。炒栗子的人这时也特卖力，挥舞起大铜铲，不停地翻炒栗子，吱吱嘎嘎的声响直捣路人饥肠辘辘的心。

　　我放学回家闻到甜滋滋的栗香味时，肚子也觉得特别饿。口袋里没钱，就只好站在路边呆呆地看，强忍着口涎不要流出来。有次炒栗子的师傅劲头用大了，几颗栗子跃出锅，骨碌碌滚至地上。我弯腰拾了起来。但终于没往嘴巴里放，也许我想到脖领子上还围着红领巾呢。我把几颗栗子又扔进了铁锅里，松手时顿觉好痛，原来栗子滚烫，我的手起泡了。炒栗子的师傅并不看我，也许这事常有，倒是售货的女店员心软，跑过来掰开我的手，问我痛吗。眼神里流露出痛惜之情，临走时她抓了几颗栗子给我。栗子糯软甘甜，好吃极了。那时有点傻，觉得与尝到的栗子味道相比，手疼几天也是值得的。

　　真的让我坐在家里大大方方吃糖炒栗子的，是与父亲生一场病有关。那年父亲甲状腺肿大，眼睛突出，浑身乏力。看病时医生配了十多包中草药，在用砂锅煎药时，母亲发觉里面有栗子壳。就问父亲："这个也能当药？"父亲说："能。"顺便将医生的嘱咐也说了出来：栗子补肾强筋活血消肿，多吃点栗子对病有好处。父亲随便一说，母亲当真了，她想方设法从别处节省出钱来买些栗子给父亲补身体。大河有水，小河也沾湿，我们做小孩的，这时也捞上机会吃栗子了。后来母亲为节省，改买生栗子煮着吃。水煮的味道，远没糖炒的好吃。不久，父亲的病好了。栗子有这么神奇的力量，竟然能够当药吃，真让当时的我对它有点顶礼膜拜。

　　二十世纪八十年代，单位与房山县五交化采供站有一笔业务纠纷，领导委派我去解决。我很高兴能摊上这件事，因为想借此到栗子的产区转转，看看栗子树长啥模样以满足我的好奇心。事情办完后，接待我的老景得知我想看看栗子树林时，便专门安排了一天带我到山里。我至今仍记得我们是从县城汽车站坐长途汽车去的。房山的山并不高，满目都是成片的栗子林，郁郁葱葱。不知为什么，见了栗子树，我反而没啥兴奋了。因为栗子树太普通了，个子算不上高大，大多都生在坡地上，果实也就是青枝绿叶间生了些刺毛状齿的球体。老景认识的老乡说，栗子就藏在那个球体里。老乡还说，山地种粮收成不好，栽栗子树划算，这也是老辈传下来的经验。老乡穿着寒酸，住房破破烂烂，栗子好吃，种栗子的人很穷。回来查字典，栗子树属山毛榉科的，榉树木质坚硬，是打家具的好材质，但我不知道打家具的山毛榉是否就是我在房山县看到的栗子树。

　　去房山县认识的老景后来和我保持着联系，他来上海办事，总会捎带些板栗给我。礼小情义深，这让我很感动。我有时也回敬他一些小礼物，有时也找个小饭馆和他喝几盅酒。九十年代他学别人下海经商，专门推销房山板栗。他找我帮忙销售。正好有家大的单位计划给职工发点年货，我介绍老景去了。老景挺能干的，他竟然说服人家要了他两大卡车的板栗。这在当时是一笔很大的生意，老景为此很开心。自然，他也请我喝酒吃饭庆祝一番。以后，老景连着好几年给我寄房山板栗，后来一下子不寄了，并且联系不到人。我预感有不测的事发生。

果然，几个月后我从别处获知，他死了，死于一场车祸。家里还有几个没有寄出的包裹，其中一个写着我的地址、姓名。这让我很难过。打这以后，每到栗子上市时，看见马路上糖炒栗子的摊店，我总是远远地避开了。我差不多有十年没有吃糖炒栗子了。我怕勾起对往事的回忆。

今年深秋，在我家小区边上，有家糖炒栗子的店开张了。广告打的是迁西栗子。排队买的人很多。店里的人自称是河北迁西人。我依稀记得老景也是迁西的。我忽然觉得店里那些人的面孔，长得都和老景有几分相似。

2015 年 11 月 17 日

我看世界杯

用"战火遍燃"四字来形容当下世界杯恐不为过。

打开家里的电视，有世界杯比赛画面；坐公交车，车上的移动电视里有世界杯射球的瞬间；偶尔买份报纸浏览，也逃脱不了关于世界杯的传闻。据说有家航空公司为确保飞行安全，做出了硬性规定，凡驾机人员在上班前的十个小时里不允许看世界杯比赛。其实喜欢足球的人未必有这么多，是世界杯铺天盖地的趣闻包围了人们的眼睛和耳朵，所以才让许多原本并不关心的人也将注意力集中到了世界杯上。

我不看足球也有好些年了。原先关心热爱国足并由此喜欢上了足球，但中超及国足的表现败坏了我的胃口，为让自己心情好一点儿，于是渐渐地远离了足球。不尽如人意的事很多，我为什么独独对足球这么苛刻呢？这其实是足球本身魅力的原因。足球被人称为"和平年代里的战争"，绿茵场上演绎攻防转换，男人的厮杀里有一种原始的野性，人们欣赏的是这种血性以及斗志的迸发。

然而，足球不是这么想看就能看的。看足球，不如说是看人。以前看球，有喜欢的球星和球队，甚至主教练。现在脑袋是空白的，眼里看见的是穿梭跑动的人，区别只是不一样的球衣和个性化的球技。对哪个被铲倒了，漠不关心，对哪个进球了，也懒得鼓掌。不揪心，不生恨意。看着看着，竟然眼皮迷糊起来，待醒来已有结果的字幕打出来。喜欢一个球星不是一朝一夕可培养起来的，这需要过程。这与年轻人谈恋爱，头几回见面，不便谈婚论嫁是一个道理。桑巴舞团队的内马尔，球是踢得蛮灵光的，有场还独中两元呢，可我一时还是喜欢不起来。因为眼前左晃右闪的还是外星人罗纳尔多，觉得他才是我心目中的英雄。心里没有拥旄的球队和球星，这球看得其实是很寂淡的，好比喜欢饮烈酒的在喝矿泉水，一点儿也不过瘾。

比赛摆在巴西也让我难受。南美洲的人，本来与足球就是鱼溶于水的关系，再给他们主场，岂不是让猛虎插上翅膀。欧洲足球的实践与理论样样拿得出手，可不知咋弄的，他们踏上美洲大陆，脚头就不大灵光了。比赛才刚开头，英格兰人就被人猛揍两拳，揍闷了；西班牙人斗牛不成，反被牛角抵穿了肚肠；今早意大利队盾牌又被哥斯达黎加人戳了两个大窟窿。你说真到了决赛阶段，这天下最豪华的酒宴上，却没几个吃相好的人坐在那里，这场面岂不是大煞风景。

不知你发觉没，看世界杯其实还另有一种意外的快感。你大可歪着身子躺在沙发上看比赛。喝酒的，弄几罐拉啤；喝茶的，泡上一杯龙井；这两样都不想沾的，可煮上一壶咖啡放在几案上。二十来个身价近亿元的劲男在你面前奔跑拼抢，这多有乐趣啊！此说是我在朋友圈看到的，但句句砸在心坎上。相信还有很多人听了也会莞尔。

我唠唠叨叨说了这么多，其实世界杯的事没说几句。那太专业了，似我这种伪足球迷，只能假借赛事道个小心情。你可千万莫要当真！

2014年6月21日

端午忆旧

早餐吃粽子。蓝边花瓷碗里放着五芳斋的大肉粽和赤豆粽。哦！又过端午了。围桌剥着粽叶，边吃边想起过去吃粽子的种种事情。

在过去，每当端午节日快来时，家家户户便忙着购置苇叶、糯米、赤豆与红枣，条件好的还会到肉摊上割几斤肉。待材料备齐洗净后，会包裹的，自己动手，不会的，请邻人相帮。从端午前一天的下午开始，不论张家还是李家，都有专人负责把煤球炉子烧得旺旺的。炉架上通常放一口超大钢筋锅，包好的粽子，一个个排好队似的放进去，注水没过粽子。先旺火烧开，后小火焖煮。这时候，整个弄堂里都飘散着粽叶的清香味。

我是北方人，像很多北方人不会包粽子一样，我母亲也不会。所以每到端午节她老人家就犯难。其实本地上海人大多会包粽子的，只是我家住的地方北方人较多，尤其与我家同住一排的全是山东人。这样，会包粽子的人便成了香饽饽，有时很难请得着。难题归难题，母亲最后总还是请来了。因为每年端午节，我们都按时吃上了粽子。

喜欢喝酒的父亲，几天前就把雄黄放入黄酒里浸泡。端午这天无论上班还是休息，他总归会在吃粽子的时候喝点雄黄酒。我在节前偷偷呡过父亲浸泡的酒，印象里这酒的药味浓烈，不好喝。父亲是就着粽子喝酒的。当时经济条件不好，粽子既当饭也当菜，吃粽子也就不做菜了。甜味的赤豆红枣的粽子就酒喝，对父亲来说很别扭，甚至有点遭罪的色彩，若有带咸味的肉粽佐酒，那是很享受的。母亲此时，常将粽里的肉馅让给父亲。最后喝罢酒，父亲会将喝剩的雄黄酒及酒渣撒入阴湿的墙角，边撒边说："饮了雄黄酒，病魔都远走。"

那时也兴门上插菖蒲的。只是那时城里住的都是有正式工作的人，没有人专门到野郊的河边去采摘菖蒲，所以马路上几乎也没有小贩兜售。母亲是在微山湖边长大的，湖边有的是菖蒲，她喜欢菖蒲，可她在上海也只好将剩余的粽叶卷起来斜插门栏上替代。为完成母亲的这小小的心愿，哥哥常常带上我，翻墙潜入中山公园（那时公园收费的，门票五分钱）。公园有湖有河，避开公园里戴袖章的管理人员，我们悄悄地采摘菖蒲，然后再翻墙携带出来。回家插上时，我们仿佛成了凯旋的将军。

吃完了粽子，母亲喜欢拣片大的粽叶洗净收集起来以备来年使用。赤豆红枣粽叶上黏糊糊的糯米剩渣好洗，肉粽油腻腻的，粽叶很难洗，那时没有洗洁精，去油污全靠石碱溶于水中，粽叶娇嫩，遇上劲大的石碱，叶子的茎骨容易散架，一旦散架，叶片就破裂了。总之，这是我们最不愿干的活，但儿时母命难违，不干也得干。

端午节里还有件事，叫"躲端午"。是说女儿出嫁了，这天再忙，也得回娘家躲灾。前排房子有姓沈的邻人，端午这天，通常可见两个女婿用自行车驮着人回了。女婿孝敬，来时还拎着大包小包的礼品。母亲看了，说还是养女儿好，父亲不置可否，嘴里通常嘟噜一句"还不是一样的"。后来沈家小女儿离婚回家再没出嫁，母亲说有年端午她没回家来躲，所以出事了。父亲听了，又嘟噜一句"还不是一样的"。就是到现在，我也没理解父亲这话里的真正意思。

吃着粽子想起这些旧事，觉得那时的人把过端午看得很重。现在虽然将这一天设为正式节假日，可超市里什么现成的都有卖，谁还会为过节吃粽子忙这忙那呢！其实端午节还是自己动手裹粽子才有意思，反之，就会过得寡淡乏味。

2014 年 6 月 2 日

拔牙

右腮帮里有颗牙，近来老闹情绪。要么出工不出力，要么蹲在里头大喊大叫。问它咋拉？它两手抱紧脑袋，屁也不放一个。左腮帮里的牙齿朝四周看看，在确定没有便衣盯梢后，附声轻言："不好了，那儿来了一帮牙蛀虫，它们不分昼夜地在那儿打洞，想安营扎寨。"我遂到诊所求外援，红脸的牙医汉大吼："我把它全灭了！"红脸汉大话讲了，可出的招不太管用：药止住时，隐隐的小痛，药性解了，痛劲又卷土重来。如此反复，不止一日。这日子过得好苦。炎炎夏日，喝杯冰冻啤酒是多么惬意啊，可病牙怕凉，冰啤酒一旦到了嘴里，疾患处犹如被人敲打似的，痛得直往心里钻。梅川路上新开了家重庆火锅店，麻辣香味诱人，食客如云。受朋友盛邀前往，由于这副怕冷畏热的病牙的关系，好生生的美食，只能看，不能进嘴，坐在桌边，等于徒受加倍的煎熬。

想来想去，觉得长此以往，嘴将不嘴，牙将不牙。复又寻医。这回还是那个红脸牙医汉，他说牙蛀虫必须灭杀，但这几颗牙恐也被它害惨，非迁徙不可。看他迁徙二字说得多轻松！那可是驱逐几个与我相伴五十多年的老伙计啊！牙医看着我，等我拿决定。我说不拔行吗？彼答如不拔，会患及左邻右舍，后果更坏。平躺在牙医的椅子上，心情很矛盾。古人云："身体发肤，受之父母，不敢毁伤。"拔牙对得起父母吗？红脸牙医汉的眼睛会说话，凶巴巴地笑我越活越糊涂。得了，顾及死人的感受，不如听身边活人的劝。上麻药后，红脸汉亮出他那把不锈钢大钳子，还没等我准备好，就嗖地伸进了口腔。我的妈啊，这汉子手段咋这么歹毒的，左晃右拽，前拉后扯，眨眼间拔掉我三颗牙。闭着眼睛，我想象得出，那一排牙床显现个大窟窿是多么的惨啊！

有句话，叫"牙痛不算病"。说这话的人，大概牙没痛过。其实呢，牙齿痛时，绝不轻松。就说现在的我，一边捂住腮帮，一边掏出手帕不停地擦拭从嘴巴流出的血。哭怕难看，喊惧失态，坐也不是，立也不成。心里还不停地后悔，这次决定拔牙是否对头。被拔的右上磨牙啊！别怪我下了狠心决定，实是你老弟太无能了，咋看不好自己的家呢，让一群蛀牙痞子混进来不停地在那儿打洞蚕食，最后夺你气息，害你命脉。现在说什么也晚了，啰唆这几句，算是送你一程。牙痛其实也是病。

右上磨牙拔掉了，感觉好像被锯掉了一条腿。假牙三个月后才能安装。三个月里不能光喝水啊！米饭馒头松软，稍加咀嚼，囫囵能咽，可牛肉羊肉，筋连骨硬，怎么对付？身体真的是个整体，一个零件也不能少。左侧的上下磨牙，脏活累活，以后全倚赖你了。

三个月后到哪儿去弄副假牙呢？各种材料，有贵有贱，各家医院，牛皮都吹得昂昂的。找懂行的熟人咨询。不管用啥材料，只要管住长久没事就行。钱嘛，太贵的不一定好，新材料，别把咱当试验品；太贱了咱也怕，便宜没好货，咱就只有一副牙，不想太委屈。小区里刚有个长着一双长腿的牙医开了家诊所，几次路过，均朝里望望，不过还没有与之搭讪过。要不明天问问去？转念一想觉得不行！又没打算在他那儿装牙，如吊起人家的胃口，当我每回走过他的门口时，被长腿牙医当猎物扫来描去的多难受啊！

别的事遇上山寨货都怕，可牙齿被拔了，只好去装假牙，假牙与真牙相比是真正的山寨货。看来山寨货并非一无是处，起码在装牙齿时，任你是谁，也只能在好端端的牙床上面硬镶上一副山寨货了。此山寨非彼山寨。

2014年7月21日

看戏

　　应同学孙兰芳的邀请，和同学们一起到闵行剧院看越剧《红楼梦》，孙同学在剧中扮演贾母一角。我不是戏迷，也很少去看戏。这是我在一年后又一次步入剧院观摩戏曲演出。演出结束谢幕时，同学们派出代表手捧鲜花上台敬献，表示祝贺。而我则在台下用相机摄影，不知怎么搞的，在揿动快门的同时，我竟然回想起我一生中好几次看戏的情景。

　　头回看戏是在山东乡下。那年我七岁，我之所以记得是七岁而非八岁，是因为七岁那年，我在山东足足待了一年。七岁记事了，记很多事情，看戏是其中之一。说来也许你不相信，我的老家滕县居然也有一个地方戏种，那就是很少有人知道的"柳琴戏"。这戏颇有北方戏曲特点，演员唱起来，高亢，爽朗、明亮，很远的地方都能听见。那时农村没通电，晚上漆黑一团，但逢有戏班子来演出时，村里便被演戏的灯火照耀得一片通明。这灯是汽灯。戏台四角，悬挂四盏南瓜大小的汽灯。黑暗里汽灯闪耀出太阳一般的光芒。我依稀还记得农村看戏也得买票，可我没钱，进不了剧场。怎么办呢？比我年长的小孩爬墙进去，我腿短力弱，无力翻攀上墙，只好采取朝下钻的办法。所谓朝下钻，是指在大门下的空隙里贴地猫行。那时我瘦弱似薄薄的纸片，乘管理人员一个疏忽，便泥鳅滑溜般钻进了戏场。有次被做演员的远房表哥泽潭发现了，事后他告诉了祖母，为此祖母还严厉地呵责我，说做人不要这样，这与偷东西有什么区别。祖母说得这么严重，说明她老人家的做人底线，以及对孩童的严格要求，可那时的我并未意识到这一点，只是觉得老太太管得太严了。祖母呵责后通常会摸出五分钱让我还给戏班子，这让我有点喜欢泽潭表哥的揭短告发。每次还钱给戏班子时，戏班子里的人往往会看在祖母的面子上再给我一张戏票。手持戏票在小伙伴面前堂而皇之入内，这颇让当时的我，在心理上有一种骄傲的感觉。

待再次看戏已是七十年代中后期的事了。那时刚粉碎"四人帮"，文娱活动多了起来。我所居住的长宁区有个叫西新街小河浜的地方。那儿有块不小的空地，周日或节假日，一些戏剧票友自发组织戏剧演出队演出节目。票友是现在和民国时的雅称，那时叫文艺爱好者。不过这些文艺爱好者中有许多是专业演员，为什么这样说呢？"文革"前，国家限于财力，养不起剧团，当然也出于对文艺管制的需要，一些剧团或压缩或解散，致使许多专业演员下放至工厂当工人去了。但这些人从小学戏，骨子里浸透了戏剧，当工人根本不是他们的选择。政策有所松动，他们便自发联络戏友，叫上琴师，缝制戏服，找个地方重操旧业。于他们而言，一是过过戏瘾，二是赚些小钱补贴家用。西新街小河浜是苏北人聚居集中的地方，苏北人痴迷淮剧，唱淮剧的演员便定时来这儿演出。我较为熟悉的是"文革"时有个淮剧小戏《拣煤渣》，那时电台里经常播放，好像还被搬上银幕。有几句戏词唱腔甚至成了当时的流行语，如"小小煤渣作用有多大，拣来拣去也拣不出个啥。煤渣虽小意义大，千万不能小看它，一块一块积累起，它为社会主义大厦添砖瓦"。相信与我年龄相近的人至今还会记得这么几句。西新街小河浜离我家不远，周末晚上有空，便会带上小板凳去看演出。戏台是临时搭的，演员字正腔圆地在那儿扮演戏角，演现代戏，也演古装戏，水平一点儿也不比戏院里的人差。电灯用电是临时从边上汽门嘴厂拉来的。好几盏二百支光的电灯泡贼亮贼亮，连演员脸上的皱纹和汗毛都照得清清楚楚，比我老家戏台悬挂的汽灯亮多了。戏台前凳子上有个铁皮铅桶，看戏的人自愿投钱，三毛五毛都行，不投也行。我每次都往桶里投，好多次都投一元。往铅桶里投钱的时候，我眼睛会浮现出祖母让我还戏钱时的情景。此时，离她老人家去世已有十来年了。

最近一次看戏是去年七月在上海大剧院。这是我一生中第一次，也可能是最后一次到大剧院观摩京戏。这场戏是上海京剧团新编京剧《金缕曲》的首演。芝明兄拿来两张戏票，说一定得拽上我去。芝明兄爱好戏剧，他有点拖我"入戏"的意图。这儿说的"入戏"，是指他有意培养我对戏剧的爱好，这样在一起时，共同话题可以多一些。显然这是朋友的雅意。但我已经很难做到对戏剧的热爱。我之所以会在盛夏里穿戴齐整去看戏，一是朋友盛情，不能辜负了；二是大剧院还从未去过，这对居住在上海的我来说应该去体验一下；三是关栋天出演其中的主要角色，以前对关栋天并不关注，自从他与周立波吵翻，想去看看他的戏。但进了大剧院，我却没找到看京戏的感觉。大剧院太现代化了，确切点讲是太西化了，京剧在这种氛围里演出，有点怪怪的，让我很难入戏。此外，将电影镜头语言、剧场概念融入京剧编排之中，也让我很不适应，这与"文革"时现代京戏的编排最大限度保持京戏原味相比不是进步，不敢说是退步，但起码也算是一种异化。不过，关栋天的扮相与演技说得过去，甚至可用相当好来夸奖。那天回家途中，芝明兄边开车边问我感觉如何，我坦言作为京戏改得有点不到位。话剧重"味"，戏曲重"戏"；话剧重"理"，戏曲重"情"。《金缕曲》是从话剧改编而来，脱胎痕迹尚存，在"戏"与"情"方面下的功夫显然还不够。我这一番歪论，竟然让芝明兄大吃一惊，一时弄得他方向盘没把握好，险些碰到路边的梧桐树。他说终于发现我也是一块可以编戏曲的料。其实他不知道，四十年前我曾在文化馆写过剧本，一九七八年还考过上海戏剧学院的编剧专业，可惜失败的失败，落榜的落榜，倘若那时有一样成功了，没准我还真成了一个与戏曲打交道的人。现在的我逐渐向老年人靠拢，特别喜欢安静，看一场戏要忍受两个多小时锣鼓的敲敲打打，对我来讲，实在是难以忍受的。相比观摩整场戏，我更喜欢欣赏一些经典的唱段。浓缩的东西是精华，那些段子里的戏味醇厚无比，听起来十分享受。

　　人老了，该有点爱好，我不知孙同学在越剧上面下过多少功夫，但她一个票友，竟然通过几年的努力能够登台演出，这实在是让人钦佩。演毕她有几分激动，说没想到同学这么老远的跑来捧场，太给力了。她说她其实很担心，担心当着这么多同学的面她会紧张背错台词，结果还好，没出洋相。演出结束，孙同学还在闵行老街最好的饭店宴请我们，佳肴上桌，好酒伺候，盛情之下，让人觉得天地之间，同学情之醇厚犹如老戏，百演不衰。

2015年7月5日

这一天依旧还是忙碌

这一段时间很忙，忙得很少登录博客，连微信也很少上。

忙啥呢？忙装修，忙搬家。"二忙"看似简单，其实一点儿也不简单，装修之烦琐就不说了，单讲搬家就能把人折腾个半死。腾空旧舍，把家里起居吃穿用存的东西一一归类打包，每个纸箱上写好所装何物。有些易碎物品得自己随身携带，似玻璃、陶瓷类，还有酒；平时看家里东西不多，可是一旦翻出来，却觉得物如海潮，涌不胜涌，光藏书就有几箱。到了新家再一一拆开，为它们一一找到新的位置，怎么放，放到哪间屋子里？放哪个柜里？这都让人颇费心思。由于一时没了方向，常常是左手拿起右手又放下。结果厅堂里的纸箱非但没有减少，反而还因纸箱拆开后物品散开一地堵塞了通道。拆包安放拖拖拉拉用了好几天时间才大致安定，所谓大致安定是指初步摆放，进一步调整在后面。难堪的是，这几天还要在现场吃喝拉撒，生活中免不了要使用一些东西，比如我有喝咖啡的习惯，早起煮水冲泡，一会儿找不到咖啡壶了，一会儿忘了过滤纸放在哪了。还有洗澡找些替换的衣服，因为忘了放在哪里了，结果翻箱倒柜，找了个把小时也没找到。后来才想起来，一包内衣内裤放在纸箱里还没有打开呢。在这样的环境里生活了好几天，让人非常的不适应。常常抱怨说，在原地住得还能凑合，不搬也行，现在干吗非要找这种拆寺建庙的罪受呢？还有一件为难的事是淘汰旧物，搬到新屋，环境焕然一新，有些原来使用的物品继续服役显得寒酸了，扔掉吧有些不舍，不扔占地方，心里特纠结。

忙了一个多星期，终于有些眉目了，虽然人也困马也乏了，但想到取得阶段性胜利，心里还是蛮高兴的。不过喜悦虽有，那是物质的，精神方面觉得空落落的。自己不敢说是一介书生，但多年养成的阅读写作习惯，使得自己不管身处何地何环境都得每天翻翻书摸摸笔，现在为了这一大堆破事而多天不能看书不能写字，觉得特别扭。于是乘着初步安定给身体带来的有限自由，便打开才开通安装好的电脑，先上网浏览一下新闻，又稍微看看自己的股票这半个多月是亏了还是赚了，最后才看博客。最后看，是因为这是重点。看了几篇前些日子写的文字，发现了一些瑕疵，有些可忍，有些不可忍。最不可忍的是那篇涂抹于十月份以诗的形式写的《苏州游》，其中有些段落和诗句觉得蹩脚得很，于是静下心来捋了一捋，这一捋竟然花去两个多小时。不过捋了以后再轻声朗读，顿觉通顺了很多。这让我有了新的感触：文章是个有妈的孩子，你得给它穿好看的衣裳，打漂亮的领带，戴有个性的围巾，总之，得让隔壁那个挑剔的女主人觉得这孩子既穿得精神又显得靓丽；这第二呢，文章是改出来的，大多数时是越改越好，不改肯定不好。《苏州游》是诗，而诗歌尤需锻字锻意，尤需反复地推敲。反观这诗是自己乘着刚从苏州返回时的激动劲一口气写的，写了就往博客和微信上搬，这种做法不够严谨。

忙了多日，难得今天有份闲情，且还在无意中把搬家的事说说，把旧作改改，心里蛮开心的，可才过几分钟，想到还有一个违章停车的处罚单没有处理掉，心情顿时暗淡了下来。收到这张罚款通知单有个把月了。某天下午曾去过交警办公的地方，看着等候处理的人排成了长龙，料想没戏，便调头回家了。接下来的几天更忙，实在抽不出时间去认罚。为防忘事，也怕惹麻烦，便在随身带的小包里，把罚单和零钱放在一起，这样每天花钱时就能触碰到罚单，有时一天触碰罚单好几次，每次都觉欠了别人债务似的，心里堵得慌。处罚单上说扣三分，罚二百元，现已拖延一个多月，估计罚款不止二百元了。拿出手机，用高德地图查了查，查到交警的办事机构离住地五千米，赶紧拨打一个电话，对方告诉我，她那儿正是处罚开车违章的地方。挂了电话便驱车前往。开车路上，看天空飘着寒雨，还时不时地夹着一些雪籽，以为这天气又冷又湿，况且下午三点已过，排队等候处理的人不会很多了。到了目的地雨下得更密了。停好车，撑着雨伞走到了办事大厅，不料里面仍然站满了人。莫非这些人与我一样，都是拖延了好些天，再不处理掉不行了，所以不顾严寒冒雨前来？看着黑压压的人群，寻思即便排队取号，今日恐也难解决了。于是决定马上撤离。不想再把自己搞得不开心。下决心明天一早来排队取号，用一个上午的时间，来个一劳永逸。开车往回走的路上我在想：违章停车不敢说是小事，但上海又扣分又罚款，在全国来说已经算是处罚最重的地方之一了。上海的汽车拥有量很多，开车时因种种原因会发生这样那样的事，交通事故和违章不在少数，有关部门是否可以多开设几个窗口，让驾驶员缴纳罚款接受处理变得简单快捷一些，如果这样的话，我相信对促进警民互敬、社会和谐是有好处的。另外，受理时间下午五点结束，这似乎过早，可否延长一些时间呢？

2019年1月9日

喝醉酒的事

常喝酒的人难免喝醉。区别是有人动辄就把自己灌醉，有人喝酒很理智。前一种人属于酒鬼一类，后一种小酌怡情。小酌怡情的人借酒说话，稍微兴奋一下，便在恰到好处时踩刹车。我喝酒多数时候是控制自己的。可即便是这样，还是有过管不住自己的时候，好几次都醉得瘫成一团，扶都扶不起。

我头一回喝醉酒是一九七六年十二月的一天。我之所以记得这个日子，是因为我的学徒生活这时刚好结束，工资从二十二元增加到三十六元了，有点高兴。

那天在北新泾镇上一个小饭馆里和沈霞对酌。沈霞是崇明人，比我大几岁，名字起得像个姑娘，其实是位小伙子。他不是我那个厂的正式工人，是崇明县堡镇的农民工。生产队派他到我们厂干活，收入除生产队记工分外，另外每月给他十元钱的补贴。十元钱在当时能派大用处。沈霞说这点钱对他一家人很重要。因为多拿了这点钱，我那个厂里最苦最累的活儿，都由他们几个农民工承包下来。我和他谈得来，是因为他也喜爱文学。他觉得和我投缘，是因为除文学以外，我不像厂里其他人那样瞧不起农民工。

那时下饭馆喝酒都喝散装酒，食客只需和服务员说打几两酒便行。饭店里堂吃白酒，一角一两，那天我们一人叫了二两，喝完又叫服务员添酒，添了几次记不得了。借助酒精的刺激，我们畅谈人生和文学。谈到最后我们都激动地流出了眼泪。流泪水主要是觉得怀才不遇，那时我们好歹也算高中生，有一肚子文化，可由于出身贫家，又都鄙夷溜须拍马这一套，所以只好在单位里干最脏最累的活。前方看不到出路，一片茫茫然。

　　分手时头晕脑涨，脚步打战，回家倒头便睡。醒来时已经是吃晚饭的时候，但那几两白酒依旧在肚皮里发酵，肚子胀鼓鼓的不说，头还晕晕乎乎的。我带上公交月票卡出外散步，走到中山公园时，看见二十路电车乘客寥寥无几，便上车找了个靠窗的位置坐下。摇下玻璃窗。车开动时，冷风迎面吹来，头脑有点清醒。但随着车身的摇晃，肠胃里中午吃的酒菜也在翻来覆去地摇晃，很难受。当车子开到上海展览馆时，我实在忍不住了，赶忙下车，下车后扶着站牌的圆铁立柱呕吐起来，一口又一口，直至把中午吃的全都吐了出来为止。

　　两年以后，我又醉了一次。

　　入伏以后，也到了农村最忙的"夏收三抢"的时候。那时有这样一个规定，郊县工厂每逢此时要派出身体好的干部与职工支援农村。我不是干部，是身体好的青工，因此也被支农大军征召入伍。支农十天左右，吃住在乡下，每人得带上蚊帐、毯子，还有面盆、毛巾、饭碗、筷子等生活用品。那天厂里用一辆卡车把我们二十多人送到指定的生产队。现在想起来，那次到农村干活，是我一生中最艰苦的十余天。早上天蒙蒙亮就起床下地干活，晚上天黑了才收工。顶骄阳赤足走田埂小道，今天割稻，明儿插秧，累得腰也直不起来。而吃得又很差，青菜、番茄和黄瓜是主角，碗里几乎不见一丁点儿油花。那时年轻，正是吃饭长身体的时候，菜里没油水，饭吃得再多也不耐饥，时常觉得胃里空空无物，肚皮前心贴后皮。

　　可能是被饥饿所逼，我们几个要好的青工转动起脑子来，谋划吃一顿好饭。擅长捉鱼摸虾的青工A说，稻田里有黄鳝，明天找条裤子扎紧裤口，见了黄鳝就抓，抓了剁成段红烧。青工B说，田野里有不少鸡，没人时逮一只熬鸡汤喝；我说我早点溜出去，到镇上拷点黄酒。这么三言两语的，一个打牙祭的计划出笼了。这个计划里，最靠谱的是我溜到镇上采购，有钱买东西吗，这事好办；抓黄鳝虽靠运气，但青工A有独门绝技，猎取几条黄鳝应没问题；至于逮只鸡那是说着玩的，这事难度太大了。

　　次日暮色苍茫时，当我从镇上购物走至村口时，有同事拦住我，说："逮鸡出事了，领导正批评呢，人家咬定是一个人干的，你拎着黄酒去不是自投罗网吗！"谢过那人，又忖度一下，决定还是返回镇上。到了镇上心情很坏，找了家小饭馆，点了猪头肉和油炸花生米，独自喝闷酒。三人喝的黄酒，被我一人干下去多半。饭馆关门下了逐客令，我只好乘夜色返回。路无行人，田野一片漆黑，迈着醉步，跟跟跄跄地，朝前方闪烁着灯光的村庄走去，走到村口大树下面，支持不住了，一头栽倒，呼呼入睡，醒来后已是次日凌晨雄鸡高昂的时候。夏日虫多，浑身被蚊虫叮咬得东一个疙瘩，西一团肿块。

这次喝醉，使得我好多年畏酒如虎，不敢再畅怀饮酒。

再醉是三十五年后的二〇一三年。

这一年秋天，与朋友们去贵州黔东南采风。从湖南洪江入黔，一路经天柱、黎平、从江、都匀、镇远、凯里等地。好多地方，都有朋友安排接风洗尘，酒宴上自然也每每备有好酒。行程过三分之二时，领队宗友兄因身体原因显得疲惫不堪。那天在从江的苗族区域，光标先生按苗民风俗设长桌宴招待我们一行十人。我因一些苗族的问题好几次与光标先生沟通，光标先生误以为我是采风团的领队，便把我安排在客席主位上，我明知坐在主位上得多喝酒，心想如能让宗友兄减轻负担，我就多喝一点儿吧。坦然地默认接待方把我当领队。

长桌宴上摆满了各类具有苗族特色的菜肴。印象深的有辣椒骨、酸汤鱼、血灌汤、腊肉、腌鱼、酸白菜、酸姜、泥鳅、黄鳝、油炸蜂蛹和烤香猪等。光标先生不无自豪地向我们介绍贵州从江的香猪，他说从江的苗民养香猪有千年以上的历史，当年诸葛亮七擒孟获的故事就发生在这里，孟获感动之余，烤乳猪招待蜀军。从江香猪从此名闻天下。我以前虽知道香猪，但对香猪了解不多，听光标先生一席言，茅塞顿开。仔细瞧那只横卧在盘中的乳猪，色泽红润，光滑如镜。挟筷细品，皮脆肉嫩，香而不腻，回味深长。

长桌宴分左右两边，光标先生携夫人和朋友坐在左边，我们坐在右边。主客相对，敬酒劝饮。那晚喝的是苗族同胞酿的米酒，度数很低。光标先生斟满酒，立起身来先敬我，我们碰杯后一饮而尽，他夫人还有他的一众朋友也都依次起身相敬，我亦与他们一一碰杯后一饮而尽。依照酒场礼貌，我也一一回敬他们并表示谢意。为表示足够的敬意，也为了不让对方看轻上海人，我每次都一饮而尽。每杯酒斟满有三两，一个来回下来，我算了算，大约有三斤。老实讲酒喝到这儿，假如我急踩刹车，还能控制住。问题出在后面还有一个苗族同胞敬酒的节目。

但见此时，一个身着苗族服装的小伙子，手持芦笙，边吹边舞向长桌宴这边走来，随他一起翩翩起舞而来的是三个身着鲜艳苗族服装的姑娘。姑娘们手拿弯曲的牛角，在芦笙的伴奏下，齐声唱起了歌，苗语听不懂，估计是欢迎曲之类的。歌毕就用牛角盛酒向客人敬酒。她们首先逮住我，又是唱又是跳的，热情洋溢地敬酒，我接过第一个姑娘递过的牛角杯，鼓起勇气将它喝下去，哪知这牛角杯看似不大，其实里面足可以盛半斤米酒，入肚顿觉腹胀如鼓。待第二个苗族姑娘举牛角敬我酒时，我已心生怯意，不敢接杯了。这些苗族姑娘没有丝毫放过我的打算，她们芦笙伴舞，围绕着我时而唱苗家的劝酒歌，时而跳苗家的迎宾舞，不屈不挠地要把那个盛满米酒的牛角推给我。不知是谁在一边还嫌不够乱，幸灾乐祸地说这是"不喝三杯酒不进苗寨门"的苗家规矩。拗不过众人，我几乎是在失去自制力的情况下又被这三个姑娘连灌了两牛角杯的酒。

米酒度数低，我没当回事，其实后劲非常厉害，晚宴结束时我已经醉得不省人事，朋友们扶我到了宾馆，衣服鞋袜不脱，径直倒在床上，呼呼入睡。次日八点半巴士开车时，发现少了我一人，他们复入房间找我。后来听他们说，我那时依旧鼾声如牛。叫醒我后，手表、手机、鞋子、钱包及其他物件散落在房间里，大家帮我收拾，又拉又架地把我塞进大巴里。此后的几天里，我们还去了都匀、贵阳等地，但陷于醉意里的我仍没有完全醒酒，足下绵软无力，一路看人看景虚虚飘飘的，闻到酒味头就痛。以至于贵州师范学院杨春红老师又次宴请喝茅台，我只是用嘴唇抿了抿，再没胆量去接招了。

2018年9月15日

上海西站

每个人在儿时或年轻时都有自己常去玩耍的地方，有的人去公园，有的人去舅舅家，有的人去一条河边，有的人去一座庙宇，等等不一。这些常去的地方，往往就是你年老时难以忘记的地方。某次席间有人问我，你儿时常去哪些地方，现在又有哪些地方让你念念不忘呢？我说去的地方有好几个，但都远还没有到念念不忘的地步。在忘不掉的地方中，上海西站是一个。

我这儿说的上海西站，是指位于凯旋路与长宁路交叉的老上海站，这个火车站建于1916年，早先叫梵皇渡车站，1936年改名为上海火车西站。1997年上海市政建设拆除了上海火车西站，在上海火车西站原址建造上海轨道交通3号线中山公园站。但上海火车西站的站名保留下来了，套用到上海的另一个火车站上，即把上海火车真如站易名为上海火车西站。我应该是讲明白了，咱们这儿说的上海西站，并非是今天位于普陀区桃浦路上的上海西站。

那时我家住在离西站不远的一条弄堂里，走到西站也就三百多米。也许是离家很近，也许是附近没有比西站更好玩的地方，也许火车站是公共的场所，小孩进出没人管，我觉得特自在。反正那时我常到西站玩耍。西站是座三层红白相间的尖顶小洋楼，这种欧式的建筑风格，在我们那一片是独一无二的，尤其房顶的红色尖角，耸立在天空里，给人一种童话世界才有的梦幻感觉。西站一楼除行李房外，大多房间充作职工宿舍，白天上班时间，房门都关闭着。西站的站务主要集中在二楼，二楼有候车室、问讯处、售票处、小件寄存处等。二楼的候车室很宽敞，宽敞到可以供两对选手打羽毛球，对于整幢洋楼而言，建筑面积相对有限，但把这么大一块地方拿来用作候车室，非常够意思了。候车室里除通道外，还放了好几排长木椅，候车的人坐在长木椅上，脚前或身旁通常都是各式各样的鼓鼓囊囊的旅行袋，旅客中有的跷着二郎腿，茫然地吐着烟圈圈，有的与同行人喁喁私语，时而调门高，时而声音又很低，有的像是有啥急事，脸上露出焦躁不安的神色。当火车快到站时，手提肩扛行李的旅客排好了队等候检票，几乎与之进站上车的同时，同样是手提肩扛行李的旅客又从出口处那边走出了站台。这一幕风景对儿时的我，是神秘的也是好奇的，我羡慕别人走出去，我也羡慕别人从外面带着精彩回来，当我没有能力走出去时，在车站目睹别人的出去和归来也是一种享受。

我喜欢到西站溜达还有个原因，那就是我家住房较小，后来虽然翻盖了二层小楼房，面积增加一倍，但相比家庭人口多，依旧显得逼仄狭小，每次到西站，面对规模宏大的西站建筑，我的精神总是为之一振，家里屋小人多给我的压抑感在瞬息间得到释放。刚才说过候车室十分的宽敞，这只是说到房子面积大的一面，其实西站的许多建筑细节也体现了欧洲人典雅端庄的建筑思想。候车室的东西各有几扇窗户，这些窗户又高又大，上方呈拱形半圆状，上圆下方的玻璃透亮透亮的，窗台用整块的厚厚的硬木制作，长约四尺，宽约两尺，再重的行李放在上面不走形不变样。如用手抚摸，你会觉得非常厚实。上二楼的台阶，用混凝土制成，宽度有八九米的样子，踏步上设有两道用磨砂水泥做的防滑边条，这样能最大限度保证行人，雨雪天里不会滑倒跌跤。两边扶手用一根根小小的罗马圆柱作为支架，上面雕有花纹。候车室两边各有一个露台，如果旅客在候车室里待腻了，可以到露台上走走，呼吸一下新鲜空气，松松身子骨，也可以凭栏向远处眺望。朝北，可眺望波光粼粼的苏州河，朝东，那边是房屋连成片的苏家角，朝南，那面是车流不息的长宁路。每当从苏州河方向传来小火轮的汽笛声时，这要么是驶往苏州方向的小火轮启航了，要么又是那个方向开来的船儿临港泊位了。说心里话，每次到西站，看到这些洋人的建筑，总觉得人家欧洲人设计建房子舍得花钱，肯下功夫，不像我那条弄堂里的几幢老式工房，一切以因陋就简为目标，不但楼道窄，窗户小，墙体还十分单薄，每年刮台风时，我都担心它扛不住。

这么精致实用的西站，它其实只是个三等小站，每天只有少得可怜的几列来往于浙江杭州、金华、宁波的慢车停靠。货运较客运大多了。当年苏州河两岸有许多工厂，最多是棉纺厂，出厂的棉纱，运输大多靠铁路。西站承担了苏州河两岸很多厂家货物运输。货物一般是不会发出什么声音的，所以大多时候，西站是很安静的。

这儿我还想提提近邻老韩伯伯，他是我在西站唯一认识的人，也是在西站我唯一与之有过对话的人。其实即便认识他，也很少碰到他，因为他在西站行李房里上班，这个部门对旅客或许会有接触，对一个到西站溜达的人，碰到的概率很低。老韩伯伯个不高，短发圆脸，见了谁都主动打招呼，即便像我这样的小孩，他也一样主动热情地用他的家乡绍兴话招呼我，开口第一句话总是小弟你来了，我小的时候，他边问我话边摸我的头，我进中学后，他就只打招呼不摸头。这让小时候老是受父亲训斥的我倍觉温暖和有尊严。后来我晓得，老韩伯伯解放前担任过国民党的保长，在那个时代里，这是属于历史有污点的人，所以他见了谁都很低调。我现在之所以还清晰地记得老韩伯伯与我简短的对话，一是他与我交往的场景是镶嵌在西站的背景之下的，他是我西站情结的一部分。二呢，老韩伯伯那一代人，在践行民国时养成的礼节方面做得非常好，以他待人接物的标准，我相信他主动招呼我不全是敷衍，更多的是对近邻小孩的关心，或许也有尊重小孩家长的成分在内，因为他和我父亲见面时，说话都是客客气气的，他们之间只差一个作揖的动作就好像回到民国初期。在我涂抹这篇有关西站的文字时，我的眼前老是浮现出老韩伯伯胸前戴佩着铁路徽章的形象，还有他那和颜悦色的笑容。

大约是二十世纪的七十年代，金山石化总厂建成投产了。这是一家大型央企，地处杭州湾上海金山卫一侧，离上海市区约五十千米，职工连家属有近十万人。每天很多人来回往返于石化总厂，所以凡与金山卫连接的公交车，都被来去金山卫的乘客挤得密不透风。为解决交通运输问题，市里铺设了一条铁路支线到金山石化总厂，火车始发车站就定在了上海西站。于是全上海到金山卫的人都汇集到这儿等候上车，而从金山卫回上海的人又从这儿分流出去。西站每天来来往往的人一下子多了起来，当火车抵达、全车人一齐出站的时候，可以用人山人海来形容。我比较怕热闹，面对西站熙熙攘攘的人群，心里很反感，所以很少再到西站溜达，有时也去，那一定是在重大的节假日里，比如过年的时候，因为春节的时候，金山石化厂的职工都放假了，除少数几个乘客外，西站又恢复像以前一样的安静了。

　　每天很多人进出西站，可那时西站周边的商业网点不多，空腹赶头班车的旅客，由于买不到充饥的点心，只好饿着肚皮坐火车。改革开放以后，下岗的城里人和到上海打工的外地人，在西站出口的凯旋路两边设摊做生意，先是卖大饼油条、做豆浆的早上到这儿摆个小摊，后来郊区菜农骑着脚踏车驮着新鲜的蔬菜到这儿出售，再后来卖水产的、卖肉的到这儿占一块地方，设了几个固定摊位，再后来卖服装卖百货的也来了。就这样，一个集市的雏形基本形成，下火车出站的人顺便兜兜市场，看有合适的，就买一点捎带回家，附近的居民觉得西站市场离家近，东西又便宜，也挎着菜篮子到这儿购物，有时苏州河上的船民也赶过来凑热闹，他们吃住在船上，来一次购买很多东西。他们把买来的各类生活用品，全装进麻袋里，然后扛上袋子笃悠悠地往苏州河那边走。路边的买卖，从早到晚都很兴旺。可是在市场形成之初，街道办事处曾派人取缔，后来看着市场规模越来越大，便顺应民意，挂出了"西站农贸市场"的大招牌，与此同时，还派了专人来维持秩序。税务局自然不甘落后，也派专人到这儿征收税费，他们撕一张三毛两毛的小票塞给摆摊的，小贩通常不服，理论一番还是乖乖地交了钱。管理人员袖子上别着红袖章，挺胸叠肚，威风八面，别看他们收入不高，但明显比那些设摊做生意的人神气。

　　虽说不大情愿再到人声鼎沸的西站里闲逛，但有几件事还是让我放下成见仍往西站那儿去凑热闹。那些年拍电影，凡有民国时的上海火车站场景，摄制组取镜头，常常把目标锁定七十年来外观没有任何变化的上海西站。现场拍摄时，工作人员用红绳做栏栅，把西站围起来，里面的导演大声小气地指挥这指挥那，演员则全身心投入剧情，一会儿哭，一会儿笑，摄影机则在导演的吆喝下，一会儿推、拉、摇、跟、移，一会儿平拍、仰拍、俯拍、旋转拍。那种场面是一般人很少能见到的，极吸引人，只是演戏的演员没有几个，围观的群众倒有好几层，在围观者之中，也常常有我的存在，与所有围观者一样，我也是目不转睛地望着演员，想象着他们之间可能的故事。再就是抵挡不住"西站农贸市场"里大饼油条、糍饭豆浆、锅贴馄饨各类小吃和各种新鲜蔬菜的诱惑，我或奉命去采购，或完全是自个嘴馋想吃，三天两头地到西站脚跟前的集市里转悠一番。最后就是两岁多的女儿哭鼻子了，哄她玩也往往选择到"西站农贸市场"兜风。女儿喜欢看大家伙的火车，每逢有轰隆隆的火车开过时，女儿都会嘟囔着小嘴说要去西站看，为满足小囡的好奇心，我背着或抱着女儿攀爬二十多级台阶来到西站候车室。候车室里涂着绿漆的窗台正对着站台，我把女儿抱到窗台上，女儿双手攥紧铁栏栅，透过窗户，她向站台那边望去：那儿有上下车的旅客，和暂停靠站的绿皮车厢。

　　二十世纪的最后几年，上海西站不但被更名为长宁路站，而且还因为往返于金山卫的大型客车参与客运竞争，导致铁路客源不断萎缩，后来索性停止营运了。1997年时因为要利用这儿建设轨道交通3号线，就把上海西站（这时已改长宁路站）拆除了。记得在拆除之前，交警部门还在西站周围贴了很多告示，意思是为配合拆除工程顺利进行，凯旋路北段暂时关闭等等。看见告示，我心里有一种说不出的感觉。破旧立新，不破不立，破字当头，立在其中，这是毛主席他老人家的哲学观，问题是此时已进入新的时期，治国方略和原有的一些工作方法都有所调整。这么一幢地标式的将近百年的老站难道非拆不可吗？其实你可以破旧立新，如果在立新的同时，还能将以前的有历史意义的精美建筑保留下来岂不是更好！拆这座老建筑，远比你用现代的钢骨水泥建造的新楼有意思多了。拆除那天，我像个傻瓜似的，双手攥紧工地围栏那个菱形的铁丝网，并睁大眼睛，朝着那两台驱动着的加了长臂的挖掘机望去，眼前忽然浮现出满清王朝砍头的现场，还有戏文中唱的"推出午门斩首"的那句台词……

也许与上海西站这几个字有缘，我住的那块地段动迁时，分的房子居然在新的上海西站边上，这样，我又继续与写着上海西站的真如火车站结伴而居了好多年。当然这是题外话。

2019年12月16日

第三辑

朝履夕记

成都的印象

从东海之滨的上海到有天府之国之称的成都，的的确确是一次出远门。

三十七年前，我足足坐了四十几个小时的火车，来到了成都。这是我第一次到蓉城。那时年轻，经得起折腾，不分昼夜地趴在车窗口望车窗外的风景，不觉得累，还觉得好玩。一路过秦岭，翻大巴山，山势巍峨，岭重水险，嘴里反复吟诵李白"蜀道之难，难于上青天！使人听此凋朱颜。连峰去天不盈尺，枯松倒挂倚绝壁……"的诗句，觉得李白描写得精准极了。到了成都火车站才发觉，双腿浮肿了，手指摁下去，半天回弹不起来。但终点必须下车。于是乎，我只好瘸着腿，跟在领导的后面，踉踉跄跄住进了招待所。住下吃饭，成都立马又给了我一个下马威。那时我还没学会吃辣。好家伙，一天三顿饭，除早饭以外，顿顿不是鱼香肉丝，就是宫保鸡丁，再不就是麻婆豆腐，连芹菜炒肉丝也会在里面放很多尖头红椒，重辣猛辣，直辣得我一边吃饭，一边流眼泪水，一边喝凉水解辣。那次在成都待了将近一个月，临走时已经有点适应吃辣了。现在我不惧怕吃辣，是和那次被迫学习吃辣有很大关系。

成都不只是吃辣给我的印象深刻，成都人喝茶也给我很多启发。成都的大街小巷到处都有茶楼、茶馆、茶摊，这些吃茶的地方，除茶楼外，无一例外地展现出随意二字。竹桌、竹榻、竹凳摆放得没有任何规则，你可以搬过来，他也可以搬过去，你可以躺在竹榻上喝茶，也可以把腿跷在另一张凳子上与人聊天，总之一切随你的便。江南一带对茶叶很讲究，什么西湖龙井、六安瓜片、黄山毛峰，一茶一价，高低不一。成都的茶馆一律大叶香片，价格也一个样。铜壶煮水，炉火之上，只听"突突"的滚沸声。服务员提着铜壶悬壶高冲，"吱扭扭"地将热水倒在你的盖碗里。合上碗盖，稍焖片刻，一碗浓酽的茶水便冲泡好了。闻一口，醇浓厚香。茶客有大口饮的，也有小口抿的。有喝了就走的，也有喝了一天才离开的。我觉得这场面才是喝茶的境界，江南人喝茶有江南人的优雅，成都人喝茶有成都人的特点。只可惜，现在的成都茶馆、茶摊不像以前那么多了，也不像以前那么率性而为了。人民公园里有个老茶馆，至今仍还保持着老派的传统。这次我去成都，专门到那儿喝茶，场面和氛围，还有茶味道和以前差不多。只是价格变动较大，三十多年前是一毛钱一盖碗，现在是十元一盖碗。不过这么多年，涨到这个价位也在情理之中，也该这样。

都说成都妹子好看。有一回与朋友聊天，我说大街上行走，迎面而来，看到最多的是成都妹子。此言一出，马上授人以柄，说我好色，眼里只有女人。其实不是我色，是成都妹子引人注目。成都妹子四个方面比较突出，身材好，皮肤好，脾气大，爱家庭。成都妹子大多小巧玲珑，皮肤虽没江南女子那么白皙，但一样吹弹可破。女人小巧玲珑容易被人以为温柔，其实成都妹子有温柔之表，无温柔之实，她们脾气通常很大，稍一发作，脱口就是脏话。我在公交车上亲见一位成都妹子发飙：车上有位孕妇，没人给她让座。边上一位貌似娇小的成都妹子看不过去，几言不合，就扯开嗓门朝那个不肯让座的男人吼了起来，一点儿不留情面。那种豪爽劲和尖叫的嗓门让人顿觉辣风扑面。千万别以为成都妹子都是这般直截了当的，有的成都妹子还是相当有涵养的。我们住的那成都宾馆大堂经理小朱，他老婆是家大企业的财务总监，收入比小朱高，主挑家庭经济重担。有次小朱老婆带着孩子来宾馆。哇！好漂亮啊！并且很有职业范儿。小朱的老婆姿容秀美，不缺温淑，外表也没有热乎乎的辣劲。成都朋友说，成都妹子通常很专一，一旦爱人，十头牛拉不回。可惜我无此艳福也无此艳遇，只能隔江观景，雾里看花了。

四川出酒，像什么水井坊、泸州老窖、郎酒了，但凡一个地方酿得出美酒，这个地方的男人也能喝酒，我接触过的成都男人，他们几乎都有不错的酒量。喝酒不单单是酒量的事，还有心性和待人诚意方面的事。都说东北人喝酒咋咋呼呼的，其实他们摆样子的成分多，成都人喝酒是拼命，那种狠劲，高个子的东北人多数不是瘦小的成都人的对手。大家都知道成都人看足球喜欢为自己心爱的球队挂上一副横幅，上面写着"雄起"二字，据说"雄起"二字最初是从酒场批发过来的。成都人喝酒，不管是第一次见面，还是老友重逢，开始之初，总是先要敬你三杯酒，每一杯都有不同的话说，但最后一句，必是高喊"雄起"，然后一仰头，把酒倾倒入肚，再多的酒、再多大的酒杯都是如此。喝酒虽然"雄起"，可是成都男人喝酒时很少挟筷吃菜，我一直想问问这个事，究竟为啥？酒宴上这个才认识一会儿的成都朋友哈哈一笑，说会喝酒的才这样。又补言，以前生活不富裕，成都男人喝酒总惦记着老婆孩子，所以养成少吃菜的习惯。成都人在酒场的豪爽总让我想到四川兵在战场上的勇猛。台儿庄大战时，王铭章将军率领川军坚守山东滕县，在实力强于自己的敌军轮番进攻面前，上自师长王铭章，下自普通士兵宁死不退，那种拼杀的狠劲令对手日本人也心生敬意。成都男人喝酒从小时喝到中年，从中年喝到老年。很多村庄都有酿酒的酒坊。成都人爱喝一点酒，与四川盆地潮湿有关，酒与辣椒一样，可以驱潮御寒。

　　成都人总体给人感觉是洒脱，日常生活里注重美食享受，只要兜里有钱，无论男女，都喜欢下馆子。有事没事的，今天你请我，明儿我邀你，哪家馆子好，就上哪家打牙祭。在成都人看来，家里烧得再好，品种也就那么几样，饭馆里菜看花样多，坐在那地方，一边享受美食，一边摆龙门阵，今朝有酒今朝饮，那才叫惬意。因为成都人喜欢下馆子，所以成都街上的饭馆特别多。吃饭时间，一些饭馆、酒楼、小吃店、火锅店总是生意兴隆，人满为患。我在成都一般不先预定到哪家饭馆吃饭，而是上街随意漫步，哪家勾起我的味蕾，便坐到哪家饭店的板凳上。有时在街边的摊摊店上，烫几把竹签穿着的"串串香"吃，有时就坐在小吃店里点上一碗拌凉粉，再不就是来份"夫妻肺片"，喝瓶啤酒，吃完酒菜，叫上一个卤肉夹锅盔当主食。成都的厨师，无论大店小馆，都心灵手巧，善于思索，肯下功夫。川菜有一个特点："无鸡不鲜，无鸭不香，无肚不白，无肘不浓"。成都的饭店一般都能把菜做到这种份上。记得有次在太古里旁的一家大饭店就餐，上来一道"椒麻牛舌"的菜，牛舌鲜嫩，厚度适中，椒麻很到位，酥酥的，入口一瞬间感到特别心满意足。至此为文，仍十分念想。

成都城里及周围有众多名胜古迹，像望江楼、青羊宫、薛涛井、王建墓、武侯祠、杜甫草堂、都江堰、青城山什么的。这些古迹年代悠远的有二千多年。短的也有数百年。这些景点，哪个都有一肚皮说不完的故事。清人王培荀在《听雨楼随笔》中说成都"衣冠文物，侪于邹鲁"，绝非夸大其词。成都距离中原遥远，且交通又不便，但在过去（现在也是），上至中央统治者，下到文人骚客都把成都当作自己的后花园。三国时刘备、诸葛亮在中原无法立足，借张松献图之机向西发展，攻下成都后建立了蜀国。"安史之乱"，唐玄宗一路西逃，终于在成都站住了脚。抗日战争时，蒋介石的民国政府在丢了上海、南京、武汉后，最后也来到了四川。除刘氏的蜀国只局限在天府之国外，李氏王朝和蒋氏的民国政府最后又都打回了中原。成都真的是一块福地。

上面提到的名胜古迹，大多数为人所熟知，我在这儿也就不再赘述了，然而望江楼却想说上几句。望江楼在望江楼公园里，乃清代建筑，是为纪念唐代女诗人薛涛而建的。薛涛与卓文君、花蕊夫人、黄娥并称"蜀中四大才女"，《全唐诗》中收有她近百首作品。这是非常不容易的。大名鼎鼎的张继和崔颢也仅有四五十首流传下来，可见薛涛的诗是写得非常好的，然而薛涛悲怆里夹着甜蜜的爱情故事更能打动人。薛涛家贫，很小时便加入乐妓的行列中去。她以才艺与当时一些著名诗人元稹、白居易、张籍、刘禹锡、杜牧等人唱酬交往。在与元稹的交往中产生的爱情。元稹小她十一岁，姐弟恋恋得她魂不守舍，最后元稹还是离她而去。元稹就是那位写"曾经沧海难为水，除却巫山不是云"的诗人。这两句流传千古的诗，有人说是元稹追思亡妇所作，也有人说就是纪念他与薛涛那段婚外恋情而写。我更倾向于后者。望江楼位于锦江边上，薛涛的墓地也在公园里。薛涛当年居于江边一带。江水缓缓东去，她却无须汲取江水洗面，因为相思的眼泪流得太多了。那个年代，一个女人爱上比她小十一岁的男人是不可思议的，这段爱情只能以悲剧收场。可另外的收益是，薛涛与元稹都为这段感情写了很多感情真挚的诗篇，这是他们留给自己的，也是馈赠给后人的。试摘录几句欣赏。薛涛写给元稹的诗："芙蓉新落蜀山秋，锦字开缄倒是愁。闺阁不知戎马事，月高还上望夫楼。"元稹回诗曰："锦江滑腻峨眉秀，幻出文君与薛涛。别后相思隔烟水，菖蒲花发五云高。"短短诗句，俱是真情，非常感人。中国是诗歌的国度，成都是诗歌的重镇，元稹与薛涛写于成都的诗作，无疑是这个重镇里浓墨重彩的一笔。

望江楼公园植竹最多，幽篁森森，翠筠拂拂，一片竹意。可惜公园并不被游人重视，游人寥寥无几。

2017 年 10 月 6 日

又去武汉

一直想到武汉去看看。说来有点可笑，想去的理由竟然仅仅是旧地重游。一九八二年秋季，我因为单位的事，在那儿一口气住了半个多月，闲暇时，我游览过武汉好多地方。遗憾的是那时黄鹤楼重建工程刚开始规划，武汉热干面还没像现在红火，所以没登过楼也没尝过面。现在这两个都快成了武汉的名片，这不能不说让我心生遗憾。

那天喝酒聊起武汉的事，朋友们说："既然这样，咱们找个小长假去次就得了！"

清明前夕，买上高铁票，我们"吱溜"一下来到了武汉。

武汉方方面面变化很大，让我有恍若隔世的感觉。

以前从上海坐火车到武汉有南北两条线，北线在郑州转车，南线经过长沙，不论走哪条线，都得在路上花费三十多个小时。这次坐动车，打个小瞌睡，列车广播说武汉到了。我抬腕看了看手表，离开上海刚好过了六小时。真快啊！打开地图册，原来这是一条新铺设的高铁线，由南京转入合肥穿越大别山便抵达湖北境内，线路比以前大大缩短，加上车速快，这时间想拖长也是困难的事。

江城多水，以前桥梁似乎不多，长江上也仅有一座大桥。可居住在武汉来武汉的人多之又多，那时武汉公交车的拥挤、秩序混乱是全国出了名的。每到上下班时，车站上聚集很多人。公交车到站时，候车人一窝蜂似的冲向车门，力气大的挤上了车，力气弱的上不去车心有不甘，吊住车门，任司机怎么发脾气就是不下去，司机只好把车先开起来再说。那时，在长江大桥上，常常见到公交车的车门外夹着乘客的一条腿，而公交车依旧疾驰的情景。经过这些年的发展，武汉段的长江上，已由原先一桥飞架到现在十一条彩虹横卧。天险真的变通途了。就是地铁，也修建了四条。市民东驰西往，南来北去，方便又快捷。那天我们一早从繁华的司门口到武汉大学去，外出之前，害怕上班高峰时段车少人多，可到车站时，发现等车人寥寥可数，公交车到站时，车厢里还有空余座位。途中遇有年岁大的上车，有座的人争先礼让。我们坐了个把小时，没有遇上让人头痛的堵车。这在以前是不可想象的。

这些年武汉高楼也造得不少，时髦，也非常漂亮，但不知那个法式风格的汉口火车站和有武汉二十世纪的建筑博物馆之称的江汉路老房子保护得如何？那天下很大的雨，同伴们愁雨亦乐雨，说难得聚在一起，既然大雨不让人外出，那我们就斗地主。他们斗地主，我独自撑把伞从武昌坐公交车去会汉口火车站，然后又从那儿乘坐地铁来到江汉路步行街。

汉口火车站建于一九〇三年，曾是亚洲首屈一指的火车站，在中国铁路史上有着非常重要的地位。下了车，远远地看去，原先那对涂绿抹翠、恰如插进素女云髻间的两根玉簪似的钟楼已经荡然无存，代之而矗立的是新建的火车站，虽然仍沿袭了欧式风格，模仿原先样式造起了对称的钟楼，可是新的建筑太过现代化，缺乏老建筑那种应有的素淡之色。我尝试从不同角度欣赏，可是调过头来，又回过脸去看，还是一百个的不顺眼，心里也不舒服。我忽然觉得自己像一个从远方来与情人相会的人，而相会之时才发现，情人原来早已变心，归属他人了。雨中的我，独自呆呆地站在那儿，一肚子的失望与颓丧。一位老城管告诉我，这些年武汉客流量剧增，老站已无法满足客运需求，为此重新选址造了新站。那个老汉口火车站还在，现已经改作为铁路博物馆。他的一番话，让我凉了的心一下又热了起来，原来我的那个情人并没有变心，她只是换了一个地方在等着我。

江汉路原先是外国租界，鸦片战争后，洋人在这儿由着他们性子造了欧陆风格、罗马风格、拜占庭风格、文艺复兴式的高楼。35年前来武汉，江汉路给我的印象就像上海的南京路。此刻当我走出地铁口时，出现在我眼前的江汉路老房子在主体以及细节，诸如廊柱、窗洞、砖墙、台阶、门脸等代表建筑风格的地方不但没有发生变化，而且比过去粉刷得更干净，也更漂亮了。一些毁损的地方也做了弥补，保护工作做得很到位，好多楼房前，挂着黑框白字的招牌，标明此楼建于哪一年以及它的建筑风格，原先的用处等。二十世纪八十年代以前使用这些房子的都是国营大店，现在被租出去卖洋货了，似麦当劳、肯德基、耐克、阿迪达斯等，给人一种老外又重新杀回来的感觉。

解放路司门口是武昌最热闹的地方，黄鹤楼在这儿，著名的小吃街户部巷也在这儿，两地步行的话，也就是三五百米。此行任务之一是吃正宗的热干面，而户部巷一带有好几家经营热干面的铺子。也算有先见之明，出行之前，我们就把住宿的宾馆安排在司门口一带了。

户部巷长不过150米，然而这儿却汇聚了江汉五粮，干鲜精烹细调的小吃精华。小巷已经修葺过，是依照明清古朴形制进行的，新建材，老面貌，楚风古韵，修旧如旧。小吃摊一家连着一家，唱主角的是各种当地小吃，最有名的还是热干面、三鲜豆皮、面窝、生煎包子、欢喜坨、酥饼、肉枣、炸饺子、鸭脖子、猪手等。武汉人把吃早饭称之为"过早"，"过早"吃得最多的就是热干面。热干面做得最好的数"蔡林记"。"蔡林记"也在户部巷里开设了分店，看见"蔡林记"的招牌，我二话没说，入店找个座位一屁股就坐下来了。在苏州、扬州、四川、河南、山西分别吃过焖肉面、阳春面、担担面、烩面、刀削面，它们各有特点，当时我就想，这五地的人把面条分别做到极致，其他地方的人恐怕很难在面条里翻出新花样了。今天在尝过正宗的热干面，不得不推翻我原先的观点：武汉人将面条带到了另一种极致。武汉热干面之所以广受欢迎，我归纳起来大约有这么几点：一、与上述名面相比，热干面是百分之百的干拌面，里面没含一点儿水分。二、热干面是标准的快餐食品，下好的熟面只要往沸水里热上几秒钟，即捞即食。三、芝麻酱拌面其香无敌，这是其他种类面条不具备的香型。四、很便宜的价格，一碗面只需六元，穷人富翁可以共桌边吃面条边聊天，而不必有什么忌讳，真的很亲民。只是盛面的碗是纸做的，很不环保。试想以每天十数万碗热干面计算，要砍伐多少木材才供应得上啊！

　　登黄鹤楼是此行的重点之一，到了武汉也没有不登黄鹤楼的道理。俗话说"好戏放在后头"。我们特地将游览黄鹤楼放在最后一天。哪知天公不作美，这天又下雨了。

　　黄鹤楼始建于三国时期，中国的木制建筑经不住兵火及自然侵蚀，黄鹤楼也难逃这个命运，故每朝均有重建的事。现在这个楼重建于1985年，以古楼计，它只能算是新楼。武汉拥有百湖而为水城，蛇山为城中制高点，黄鹤楼就建在蛇山之上。游客大可登斯楼而近观三楚的汉水与长江，远眺八百里洞庭浩渺的湖水。若问每个登楼者有何感觉？他们十之八九会说气势不凡。中国名楼有个奇特现象，就是得借助文化名人，它才会出名。岳阳楼和滕王阁分别因范仲淹的《岳阳楼记》和王勃的《滕王阁序》而扬名天下，与他们一人捧红一座楼不一样，黄鹤楼却是由两个文化名人联手捧场才出的大名。这个故事虽然有点讲厌了，但上了黄鹤楼，仿佛有种无形的力量逼迫你再一次走进这个故事里。崔颢在当时属于一个籍籍无名的人，他写的《黄鹤楼》诗虽然不凡，但因作者没有名气，别人并不怎么认可。李白来此游玩，酒后诗意汹涌，也想往墙上题诗，看到崔诗后，大惊失色，觉得再怎么写也超不过崔颢的诗了，遂提笔写了"眼前有景道不得，崔颢题诗在上头"后，扔下笔砚，坐上小舟顺流东去了。他这么一任性，崔颢的诗成为名诗，崔颢这人成为名人，黄鹤楼也成为名楼。

　　黄鹤楼高五十米，老实讲，对我这个岁数的人而言，攀至顶楼是需要一点耐心和体力的。气喘吁吁，好几次都有止步的念头，暗忖既然从这么远的地方过来，说什么也得咬牙坚持爬到黄鹤楼的最高层。终于坚持攀登到了最高的五楼，还没等缓过劲来，心急的我就急不可待地不停地向四处眺望。由于雨下个不停，空气里充满了水气，雨丝与水气纠缠在一起，蒸发至远处，就变成了浓浓的烟雾气，能见度很低。但透过莽莽烟雨，仍隐隐约约可见长江大桥飞架在龟蛇的两山之上，至于想体验一下"晴川历历汉阳树，芳草萋萋鹦鹉洲"的意境，那肯定是属于烟雾里的奢侈。不过在导游的指点下，目光还是投向汉阳方向，可惜只隐约地看到新架的斜拉桥。那座斜拉桥，与汉水两岸的民生息息相关，但与晴川及汉阳树实在挂不上钩，更别说是找到鹦鹉洲上祢衡的墓了。如果单纯从寻找唐诗的意境而言，这座斜拉桥横架在那里，有些煞风景。

天气不好，影响了游兴，但也带来好的一面，因为雨的缘由，来玩的游客大为减少，景色变得幽静起来，人的情思这时也易于生发。遥望江水和天空，浩荡而又显得渺茫，现代交通发达让我产生不了思乡之情，但想到那个曾经驾鹤来此歇脚的仙人，他是再也不会回来了，念及眼前浓浓的烟雾代替了悠悠白云，觉得至少在我，这一辈子于仙境是遥不可及的，而我也终将变老，乃至老无所归，一切的一切，使人百感交集，情不自禁地吟诵起"日暮乡关何处是，烟波江上使人愁"的诗句。因为雨天，我觉得此刻我的心绪与崔颢《黄鹤楼》诗的意境更接近了。

2016 年 4 月 24 日

又上岳阳楼

辞黄鹤楼后，来到岳阳楼。

好多年以前来过岳阳楼，这次算重游。重游的人有个习惯，总喜欢拿过去的印象与今天的面貌进行比较，我自然也不能免俗。上了公交车找个靠窗的位子，然后贪婪地将双眸投向车窗外，用心寻找一些比照物。

距那次游览岳阳楼有三十多年了。一个世纪三分之一的时光，已经让这座城市发生了诸多变化。最显著的就是原先低矮的富有湘北建筑风格的老房子几乎都拆了，继而建造起钢筋水泥结构的新楼。新造的房屋是从别的地方抄袭过来的，毫无个性可言。没有个性的东西，通常缺乏生命的真实性。我怀念岳阳老城，哪怕它低矮，甚至破旧。

报站的说岳阳楼到了。到了，我们便下车。用眼睛搜寻，没有看到岳阳楼耸峙在湖边的景致。依稀记得，以前到了目的地，也就到了空旷的湖边，一眼便可以看到城垛上面的岳阳楼。现在的湖边是一座广场。广场一边有块巨石，上面写着"巴陵广场"几个字。"巴陵"是岳阳的古称。另一边是古城门，楼高三层，砖石垒砌。楼洞上方格子里镶嵌着"瞻岳门"三个字。问一位貌似当地的老人，彼言穿过了"汴河街"，就到了售票处，在那儿购票上岳阳楼。显然，我下车见到的广场和广场上的巨石、城楼都是新的建筑物。

门票每张八十元。那时来玩才五毛钱，用价格疯涨形容不为过。交票进门。进门就算进了景区，也就开始移步换景地游览了。粗略算了算，在正式登岳阳楼前，就有诗书碑廊、仙梅亭、三醉亭、怀甫亭、双公祠、五朝观楼等景观。原先只有岳阳楼，这些都是新建的。似乎也有必要，让游人登楼以前，先预热一下心绪。这些新景观起着宣传烘托岳阳楼的作用。五朝观楼和双公祠给我留下较深的印象。岳阳楼屡屡毁于水患、兵火及地震，以后重建，又因建筑思路不同而风格样式各异。五朝观楼便是将唐、宋、元、明、清时岳阳楼不同样式用青铜铸成小楼展示出来。风雨侵蚀，模型铜绿锈迹斑斑，无意里显示出了岁月的沧桑，很耐看。双公祠是为纪念对岳阳楼做出重大贡献的范仲淹和滕子京修建的。滕建楼，范作志，一个是物质基础，另一个是精神文明，正是这两人朋友间的文字交往，不经意间将岳阳楼推到某种极致，堪称一种文化奇观。祠堂里有两人的雕像，气派而又体面。只是与真人有多少相似却不得而知，记得曾看过范仲淹的画像，是宋画，但画总没照片来得靠谱。

　　走走，看看，想想，不觉间便来到岳阳楼下。和其他著名的景点一样，来到这儿的游客，第一动作便是寻找自认为最佳的角度拍摄照片。而导游通常是在耐心等候了一会儿后，才开始不停地摆动起三角旗，招呼自己的团队说"走了走了，上楼了上楼了"。南腔北调，喧嚣声此起彼伏，有点闹哄哄的。我躲在树荫下，一边观楼，一边等待拍照的游客散了，然后找一个好点的位置留影。那天我穿米黄色休闲裤，黑灯芯绒夹克衫，背后是金黄色的岳阳楼。我之所以坚持在这儿拍个照，一是不能免俗，喜欢在著名的景点前留个影；二是三十多年前我曾在这儿着中山装拍过照，事后若将两张图片放在一起，这感慨不是一点点，而是几大箩筐了。

　　岳阳楼三层楼高近二十米，位于西门城墙上，前望君山，下瞰洞庭。顶楼黑底下三个镏金大字：岳阳楼，是郭沫若题的。该楼以四根楠木金柱直贯楼顶，周围绕以廊、枋、椽、檩互相榫合，叫人称奇的是，在建筑过程中没有使用过一根铁钉。楼是清代建筑，具体年份记不清了，导游说建于清光绪五年，如此算来，也有一百五十年的历史了。一座纯用木料修造起的建筑能够巍然屹立至今，其实很不容易。我游览过黄鹤楼，知道黄鹤楼重建于一九八五年，是座外形古风，内核钢筋水泥的建筑，楼阁傲然屹立在长江之边，虽高古雄浑，且不失精巧与雅致，可是登楼的感觉远不如岳阳楼来得温婉柔和。这就是古建筑和仿古建筑给人带来的不同感受。上下岳阳楼，每当脚下多使出一些劲道来时，楼阁便有了一些轻微的震颤，这不是震颤，这是木质不朽的生命在发出运动的回响。上下岳阳楼，每当抚摸着楼梯的把手时，灼痛我掌心的，竟然是无数个先贤前辈们的体温和他们一波又一波传递过来的文化气息。这些先贤前辈中有李白、杜甫、白居易，有范仲淹、滕子京、袁中道，也有于右任、汪曾祺。岳阳楼给人感觉就是一个饱经风霜的高古老者，身着一袭布衣黄袍，静静地伫立在湖边，谦和而又淡定。

楼里，第一层和第二层均悬挂一块《岳阳楼记》的雕屏。上前细看，这是用十二块紫檀木板拼成的，高三米、宽四米多。一层是仿清时大书法家张照的，二层那块雕屏是张照的真迹。这一真一假有故事，说的是清道光时一个岳阳知县欲以假换真据为己有的故事，结果没有成功，后人索性把这两块都挂楼里以作警示。其实真正价值连城的是宋代最初的雕屏（滕子京修楼、范仲淹作记、苏舜钦书法、邵竦雕刻，史称"四绝"），可惜早已遗失。

我登上三楼，凭窗远眺"北通巫峡，南极潇湘"的"八百里洞庭"，只见碧波无垠，水天一色，沙鸥翔集，渔帆点点。风光秀美，令人着迷。奇怪的是，凭栏远眺时，口中反复吟诵的不是范仲淹的《岳阳楼记》，而是杜甫的《登岳阳楼》。一文一诗，俱是先贤佳作，若论对岳阳楼的影响力而言，范文显然远超杜诗，但我此刻却痴迷于杜甫这首诗作，究其因，可能与我的年龄和杜甫当时同处在一个阶段上有关。

57岁时，杜甫携家眷由川入湘，流寓在岳阳而创作《登岳阳楼》。大半生郁郁不得志，又恰逢安史之乱，这时的杜甫体弱多病，看不到前程如何，十分无助。某天的某时，他登上了岳阳楼。"昔闻洞庭水，今上岳阳楼"这两句诗，其心情之振奋和高兴与我登楼时是一样的。"吴楚东南坼，乾坤日夜浮"，浩瀚的洞庭湖，拆开了中国东南两大区域，而日夜风月乾坤只是浮在湖上的树叶。这种气势这种见识，就不是一般人所具有的了。"亲朋无一字，老来有孤舟"，国势衰微，战火不断，已经很久没有收到亲戚朋友的书信了，而自己老来身衰却没有一块可以安身立命的寓所，只好暂住孤舟，任水漂泊。"戎马关山北，凭轩涕泗流"，扶着楼阁的栏杆，目望前方，念念不忘的是国家的平叛战争进行得怎样了，但没有确切的消息，想到这儿，禁不住地潸然泪下。这时杜甫自身状况已经非常差劲了，但他忧戚国事依然超过对个人哀伤的关注，境界之高，令人十分钦佩。

以前读杜甫这首诗，没有这么多的感慨，想不到在名闻天下的岳阳楼，面对浩渺无边的洞庭湖水竟然读出老杜那么多的沉郁与苍凉。年过花甲，发疏牙松，我的身体状况也大不如从前。"先天下之忧而忧，后天下之乐而乐"，我无忧无乐，眼前轮回浮现出年老体衰的杜甫和自己。居庙堂也好，处江湖也罢，老，是不争的事实，而与时俱进，实乃此一时而彼一时的心境变化。登楼亦必下楼，凭轩涕泗，是诗人写在诗里煽情用的，真实的杜甫抑或我们每个和他有一样心情的人，大多时候还是默默地来、默默地去。

沙鸥归巢，落日熔金。风比先前有了凉意。该是下楼的时候了。回首再望楼阁、湖水、落日，岳阳楼再好，但变新绝没有可能，变老是法则，是另一场大变的量聚。

我背着手，独朝楼下走去。

2016年4月17日

济宁手记

　　大运河在沟通南北运输的同时，也推助发展了沿岸许多城市，鲁西南的济宁便是其中之一。济宁原叫任城，因运河的关系，这儿成为重要的南北中转码头，为了祈望水与城市永远安宁，任城遂改名为济宁。

　　游览济宁是我很早以前就有的想法，今春赴鲁，路经济宁时，特地在这儿下车并且小住了两天。济宁有新区和老城之分。我因喜欢老的街区，便在网上选择一个地处老街的江南春宾馆住下。宾馆离古槐路不远。古槐路街道狭窄，路边的槐树枝繁叶茂，银白色的槐花香气沁人心脾。可能是受古槐路的影响，宾馆临街的这条小马路，也栽满了槐树。江南春宾馆的建筑是仿古的庭院式花园，庭院里花开树绿，高低错落的阁楼亭台掩没在植物丛中，显得十分幽静。下榻在这儿，让人有一种说不出的惬意。

　　一般人对济宁了解不多，可我只消说出唐朝的李白曾经在这儿居住了近二十年，儒家四圣孔子、孟子、颜子、曾子的出生地都在这里，你就知道这座城市的厚重了。行走在街头，随时可见小校场街、道门口、察院街、御米仓街这样古旧的街名。可惜的是，老街仍然逃脱不了被改造的命运，一一映入眼帘的是宽阔的马路，新的楼房；声声入耳的是商场市声的喧哗，还有汽车喇叭急促的鸣叫。老街其实是徒有虚名了。不过我还是要感谢城市的规划者，他们在扒掉老街的同时，还没忘记把旧名留下来，这至少能够让人有一些回忆的依据。

　　古运河景区的设立，也许是对拆除老街的一种补偿。然而循水而至的我，站在这个所谓的古运河景区里，十分茫然。我不止一次自问，这就是古运河吗？河床狭窄，宽度仅有二三十米，而且水浅池清，波澜不兴。古代运河肯定不是这般模样，否则它是承载不了舟来帆去的船运业务的。察觉出我一脸的疑问，一位看上去有些睿智的老人告诉我说："这儿确实是古运河，有了铁路、公路后，运河也改道了；这两年始兴旅游才又把运河故道疏通起来，船舶是不会进来了，也开不进来了，现在仅仅是向外地来的游客做一个模拟的展示，也可以说是一种摆设。"老人指着不远处的竹竿巷和东大寺说："一巷一寺以前紧傍运河，现在自然也紧挨着运河故道，探古访幽的人可以前往踏访一番。"问老人贵姓，他说："免贵姓接，接客的接。"说完摆摆手，飘然远去。

在现代人的生活中，用塑料制成的塑料提篮、塑料框、塑料桶、塑料包装箱是人们不可或缺的生活用具，可是在过去，这些生活用具主要是用毛竹编织的。南方产毛竹，商人从南方运来各种各样竹器制品销往北方，那时水上运输多数仰仗大运河完成，船泊在济宁中转，卸下后又装车装船运往比济宁更北的地方。竹器是空泡货，占地大。毛竹是实心货，运一船毛竹可以编织十船的竹器。精明的南方匠人一合计，便携家带口来到了济宁，在运河边上开竹器坊。他们把运来的毛竹堆在店门口，撸起袖子劈竹、切片、制丝、编织。编织好的成品现卖。南方匠人越来越多，竹器坊也越开越多，毛竹也越堆越多。那时候，只要一走近这条巷子，就能闻到竹子的清香味。那时的济宁人管这条街叫竹竿巷。竹竿巷曾经是北方最大的竹器集散地。现在兴旅游业，有点故事、有点历史的地方特别吃香，竹竿巷符合这两点，于是成了远近闻名的人文景点，本地人和外地人都喜欢到这儿转悠。遗憾的是，竹竿巷已经被"拆改"切割，巷子一再变短，现在只剩下一百多米长了。幸运的是，保留的这条残巷依旧连着运河故道，街名还叫竹竿巷。现在街上还有几家竹器坊在营业，竹器坊的门口像过去一样堆放着毛竹，编织好的竹篮、竹筐、竹椅、竹席等也堆在一边。走进店里看看，开竹器坊的人，大多是一些上了岁数的老人。手工编织竹器，费工又费竹材，却卖不出好价钱，可以看出，这些老人在苦苦支撑着门店，赚到的钱也仅够糊口。我有意与一个正在编织的老人搭讪。我不知他的祖先是否来自南方，如果是的话，他的口音是否还会保留一丝江浙的余韵呢？我问彼答，结果是徒增我对岁月无情的感叹：因为他的口音里，已经听不出任何一点点南方的味道了，也许除基因外，南方人的其他烙印在老人身上已荡然无存了。

在竹竿巷转弯的地方，有一处高大巍峨的伊斯兰建筑风格的寺庙，这便是远近闻名的济宁清真东大寺。东大寺的门朝着运河故道。河边，也是寺门前，立着一块全国重点文物保护的石碑。看门的在打盹，我轻叩表示欲进，她终于半醒抬起头来，随即伸手示意门票五元。呵呵！看样子收费的不止少林寺、灵隐寺这样的佛庙，东大寺也收钱。

大殿坐西朝东，这是遵照伊斯兰教规定礼拜的"朝向"。大殿前浅后深，愈往里面走，殿势愈高，台阶最高处，是阿訇站的地方。阿訇站在那儿，威势很容易显现出来。东大寺同国内其他清真寺一样，建筑物里外的彩绘及墙面装饰，基调多用暗红、土黄、鸭头绿、灰白、黑色、金色等颜色。东大寺建筑乃至装饰以伊斯兰教传统风格为主，但也吸收了不少中国宫殿式龙的内涵，算得上那个时代的"中西合璧"。东大寺建于明朝洪武年间，已有六百年的历史了，是国内五大古建清真寺之一。东部沿海本不是回民集中聚族而居的地方，东大寺的出现，说明了当年运河沿岸云集了各方人士，既有腰缠万贯的商贾，也有云游天下的读书人和传教士，而作为水陆大码头的济宁，只要你愿意来，不管你的民族宗教信仰如何，它总能敞开胸怀接纳你，给你一席之地。从这一点可以看出，济宁作为运河城市，具有很强的包容性。

东大寺不远处有座酱园式建筑，这便是名闻齐鲁的玉堂酱园。实话说，在去济宁以前我并不知道有这么一个酱园。一直以为酱菜是江南人的专享，他们喝稀饭米粥时夹起酱菜丝，日子过得纤细且柔长。我儿时在山东待过一年多，记得乡人一手拿着煎饼，一手拿着腌渍的芥疙瘩块，我印象里北方似乎只有单一的芥疙瘩咸菜。到了玉堂酱园一看，这里什么酱菜都有，酱渍黄瓜、八宝菜、金丝菜、尖椒、花生仁等，与我在扬州"三和四美"专营店所见的酱菜品种差不多少。我问店家一些情况，一位负责人模样的人告诉我，三百多年前，一位苏州人在济宁开办了玉堂酱园，他从苏州带来了腌制酱菜的师傅。为适应北方人的口味，他注意吸取并保存齐鲁一带酱菜的优点，最后达到博采南北之长的境地。慈禧对吃物十分挑剔,当年她在品尝以后称赞玉堂酱园的酱菜"京省驰名,味压江南"。并下旨把这种酱菜当作贡品送至宫中。至此,玉堂酱园的产品不但是济宁人佐餐少不了的小菜,而且还成为济宁城市名片之一。"味压江南"似乎道出了这座运河城市的某种精神。

很远的地方就能看见太白楼这座古楼阁式建筑。太白楼建在城墙上,青砖灰瓦,朱栏游廊环绕。二层檐下高悬楷书匾额"太白楼"三字。不知道是谁写的,但豪放劲道的气势颇与李白性情相符。天下酒楼凡标有"太白"二字的,莫不与酒仙李白搭界,店家通常会在店中悬挂李白画像或挂酒幡招摇。上海的太白酒楼是这样,李白故乡江油是这样,他羽化登仙的马鞍山也是这样,济宁的太白楼虽也有李白雕像,但现在这儿只是一处纪念李白的场所。李白一生三不离,一不离女人,二不离宝剑,三不离美酒,当年这地方叫贺兰氏酒楼,是李白常来喝酒的场所。让具有游侠豪迈个性的李白在济宁待上二十年不肯挪窝他去,这个中的原因,我不知专家们是如何考证的,但以我的判断,我敢说当时的任城,在许多方面能够满足诗人的需求,至少这儿有他不缺的女人,也有仗剑可舞的看客,至于贺氏酒楼,李白借这个地方不知往肚皮里灌了多少美酒。如果诗人的心里不爽然,他怎么会在任城写出二百多首诗呢?李白当时是明星,同样是明星的贺知章来这儿与李白会面,以后又是杜甫三番五次地来找他,李白与这两人在太白楼饮酒作诗,时而眉飞色舞,时而烂醉如泥,使得太白楼,当时叫贺兰氏酒楼的声名大振。思及此,我忽发奇想,假如有可能,这儿为什么不可以恢复为酒楼呢?如果那样,至少此刻的我,一边可以模仿先贤喝酒,一边可以朗读唐诗,李白的、杜甫的、贺知章的……

太白楼算得上一个制高点。登楼俯瞰,不远处是竹竿巷、东大寺、玉堂酱园。玉带桥南北跨越古运河,餐厅酒楼,济宁名吃,比比皆是。真是"登斯楼也,宠辱皆忘,心旷神怡"!补说一句,因为当时感觉超好,竟让我全然忘了这运河已不是当年的景色了。

2015年12月21日

去了次溧水

溧水本是一个县，划归南京后，叫溧水区。很多人知道苏州无锡，但知道溧水的人并不多。即便划归为南京市，知道它的人依然不多。其实溧水有些东西还是让人难以忘记的，比如大名鼎鼎的秦淮河发源于此；再比如诗歌"性灵"主张的大师随园老人袁枚曾经在这儿担任过知县。

方言

在这之前读过龚舒琴写的镇江东乡系列文字，她说东乡是江淮官话与吴方言的分界处。从地图上看，东乡在北，溧水在南，两地挨得很近。从逻辑上讲，南边的溧水人说话属于吴方言更有可能性。当然，这只是判断，究竟如何，只有去了溧水，做一些实际了解，尤其能与当地的老乡聊上几句，体会品察一下，才可以弄清楚一个大概。因溧水是民钢兄的老家，我们才组织到此一游的。民钢兄告诉我，溧水虽离南京很近，说的方言却与南京话存在较大差异。当晚，民钢兄在同济街上一家经营当地菜的饭馆宴请一帮发小。席间听他们交流，我算是粗粗领略到溧水方言的特点了："今天"，他们说"今朝"；"这么"，说"格么"；"睡觉"，说"困告"；"妈妈"，说"姆妈"；"小孩"，说"小银嘎"。溧水人说话与苏州、无锡话接近，语音词汇既有苏州无锡话的糯软，同时也具有南京话的清雅流畅、抑扬顿挫。吴方言与江淮方言在这儿过渡交叉，溧水人说话带有一点儿南京腔是可以理解的。方言具有流动性，一般小地方向人地方过渡的多。千百年来，溧水方言与邻接的江淮方言长期对峙而没有发生本质的变化，说明过去的溧水相对封闭，溧水人到南京混生活的人不多，南京的江淮官话对溧水的影响有限。当然这是过去，现在城市化进程加快，情况与以往相比发生了比较大的变化。今天溧水已经成为南京的后花园，节假日到这儿休闲解闷的南京人日益增多。为求发展，更多的溧水人也奔向了南京。可以这么讲，今日两地来往之互动，远超历史上的任何时候。我估摸着用不了多久，溧水方言就会被弱化。最先受南京话影响的是溧水区府所在的永阳镇。溧水区政府里很多官员是南京派来的，南京人到这儿自然会大说特说南京话，这势必会影响他周边的同僚，尤其是下级们的仿效。

方言是社会发展的活化石之一，其变异和流动，隐匿着许许多多的民俗密码。

街容

长久以来，溧水地理位置比较偏僻，经济发展水平也不高。按常理推断，这样的地方，老建筑保护得会好一些。遗憾的是，出现在我眼前的永阳镇，几乎是一座崭新的城市。这天我早早起床，刷牙洗脸后便到街上溜达。溜达的目的，是想看到街上的老建筑。很遗憾，转了好几条街，没有找到明清时的老建筑，民国时的也没有看到。老屋老桥都已经被拆掉了，在原地建起了新的建筑。试举通济街为例。这条街沿用了旧名，格局也是临河而筑。然而除了小河还在原地缓缓流动外，柏油马路边的房屋全是新建的，它们或平层或尖顶，建筑风格很现代，外墙装饰，要么水泥砌砖，要么铮亮的大块玻璃镶嵌在外边，粉墙黛瓦式的徽派建筑风格荡然无存。我耳畔不由自主地响起古建筑保护专家常说的那句"老城已拆光，挨下拆古村"的话。看来，这种拆旧建新的做派，是一种在全国流行的毛病。我并不全部反对拆旧，但起码应与保护并行。这一点苏州市似乎做得比较好。上个月我在姑苏街头漫步，我的感觉仿佛是在历史的长河里徜徉荡舟，我在那儿闻到了在《红楼梦》《儒林外史》里飘散出来的古色古香的味道。溧水什么也没有了。就新论新来说，溧水现在马路上的建筑毫无特点可言，它好多东西都是从别的地方搬来的。我居住的宾馆在珍珠路，如果将那块珍珠路的牌牌换掉，没准我还以为是身处在上海哪座卫星城市的街区里。

如果一座城市没有历史留下来的印痕，孩子们找不到成长的坐标，老人们找不到记忆的凭证，那么城市修造得再新鲜再富丽堂皇，也是拴不住人心的。来溧水小住，复又离去，我的记忆里很难留住溧水的一条马路，一幢被灰尘覆盖又被雨水淋洗的房屋。

发小

发小，是民钢兄的。他们生于斯长于斯，未来还将辞世于斯。我之所以在此单列一节，着些笔墨记一笔，是因为民钢兄与他们的故事有些意味。民钢兄儿时是在溧水的乡下度过的，像许多农家小孩一样，他也放过牛。我在此提及的他的发小，便是与他儿时一起放牛的小伙伴。民钢兄现在在上海算是发达了，然而他没有忘记儿时的玩伴，据他说，他每次返乡总要摆上一桌宴席，邀请发小们喝酒聊天。这次他去老家也有这方面的安排。三十多年如流水，城里人与乡下人在社会阅历、为人处事方面或许有不小的差异。尽管我已经知道他与他的农村发小相处得还算可以，但当见面的晚宴快要到来时，我眼前还是浮现出鲁迅笔下闰土的那种木然来，我不知道他们的会面是否也会有一些尴尬。然而几杯白酒下肚，民钢兄与他们完全打成一片了。他们彼此以乳名相称，一些陈谷子烂芝麻的事，你说出来我应和，我道出来你喝彩，如此反反复复数次，遇到特别高兴的地方，便拍手鼓掌，哈哈大笑，没有半点顾忌。人与人相处，彼此不因穷富而产生隔阂，不因社会地位差异而有距离，这种意境很美。当天喝酒喝到很晚才依依不舍地散去。发小中有个叫同发的，宴席还没结束便提出明天到他那儿喝酒。我们本来已有安排，打算推辞掉。民钢兄劝说道，当地人实诚，如不去赴宴，恐怕会被他们认为城里人瞧不起乡下人。我们必须赴宴。

第二天中午，在同发儿子开的"汤家饭店"吃饭。同发亲自宰了一只自家养的大公鸡，这只公鸡足足有七斤多，称得上鸡王。又开了两瓶双沟大曲。他们发小再次聚合，我和另外两个朋友依旧作陪。可是，我们却有被当主宾的感觉，我们明白，这是沾了民钢兄的光。他们大约认定，能与民钢兄在一起的人，性情也差不了多少。

无想寺

出城三五千米，群山迎面而来。山林葱茏，花草争奇斗艳。无想寺就建在群山之中。

去无想寺游览，是因为寺名起得好。一个寺以无想命名，挺有境界的。可心里也没少犯嘀咕，觉得寺名虽然不俗，但山间野寺，不会有什么大的名堂，待驱车前往，却发觉情况并不如我想象的那样。其一，无想寺不是山间野寺，它其实是大有来历的。读过杜牧那首《江南春》的都还记得"南朝四百八十寺，多少楼台烟雨中"的诗句，无想寺便是这"南朝四百八十寺"中的一寺，而且在当年还是非常有名的。南北朝时，南朝的梁武帝提倡佛教建造了很多寺庙。皇帝带头，妃子及王公大臣们也跟着建造，所谓上行下效是也，一时间名刹遍布京城建康（南京）周围。无想寺诞生于那时，这样算来，距今也有一千五百多年的历史了。其二，无想寺处在野山深处，由于交通不便，信徒寥寥，游客罕见。通常情况下，我们会在庙宇里见到富丽堂皇的建筑，然而这儿没有，我们见到的只是素朴的一个正殿和几个禅房。僧人也不多，好像就三五个和尚而已，他们或者在清扫山门，或者在打坐入禅。几缕香烟火气，更多的像是自燃自延，袅袅绕向空中。这种情境依我的理解是修养心性的好居所，而且与无想寺的寺名特别吻合。倘若无想寺僧人的眼睛只盯住游客的腰包，有心无钱莫进来，有钱方能宰一刀的做法，那才叫怪事了。看样子无想寺名不是那么好起好用的，一定得名副其实才行。

山也叫无想山。我不知是寺建山中，借山名而命名寺的，还是寺名不俗，山名也跟着改了。在庙的简况中读到这样两句诗，我想，大约是先有无想山名，然后才有寺名的。这两句诗是："山名无想寺因之，寺抱山中境实奇"。咀嚼"境实奇"这一句的含义，一是寺的四围是青山，二是寺的左侧有一汪碧水。翠峰碧水映着蓝天，更兼茂林修篁，悠悠钟声，袅袅炊烟，人置身这儿，还有什么人间俗事值得你去想呢！

据说寺后还有韩熙载读书台、明太子饮马处等古迹。可我们一行盘桓在无想寺中已经没有了其他想法，竟然对近在咫尺这么有名的景点也懒得动一动身子骨了。

2015年6月12日

太湖西山

西山是苏州太湖里的一个岛，当我足踏西山时，一点儿也没有在岛上的感觉。自从跨岛大桥建成后，只需驾车，或坐公交大巴，迅即就可登上西山岛。登岛通常需摇橹挂帆，一旦失却了摆渡，陆地被水围住的视觉效果便没有了。当然这只是我的感觉，因为人们依然视西山为岛。地图上它也确实是一个岛，而且有中国内湖第一大岛之称，面积79平方千米。

过去岛民靠捕鱼捞虾种果树种茶为生，现在也靠。但现在岛民更多的是模仿宾馆模式，装修好房屋办起了农家乐。农家乐的经济收入比捕捞、种植高好多，岛民们愿意干这行，并积极地去干。驱车行驶，极目望去，三步一家，五步一户，到处是农家乐的招牌。从上海过来，驾车只需两个小时。这儿是上海的后花园。上海一旦有人腻烦了城市的喧嚣，他们就开着小车到这儿来兜风了。

上海人到西山不局限于兜风，他们还有一饱口福的任务。

白水鱼、银鱼和白虾，因色泽呈白色而被称为"太湖三白"。这是当地的招牌菜。白水鱼体狭长侧扁，肉质细嫩，鳞下脂肪尤多，酷似鲥鱼。此鱼清蒸，出锅趁热洒上"李锦记"蒸鱼豉油，味道更佳。银鱼形如玉簪，无鳞，无刺，无腥味，宋人张先有诗咏赞曰"春后银鱼霜下鲈"。拿银鱼与鲈脍相比，可见好吃的程度。白虾壳薄肉嫩，清水白灼可以，做成"醉虾"也行。享用"醉虾"最有趣：将活虾放入用酒、醋、蒜一起调制成醉汁的玻璃器皿里，盖上盖，侧耳细听里面的活虾活蹦乱跳的声音，待到虾儿动静减弱时，便是醉虾完成的时候。这时挟筷放到口中细细品尝，既有虾的鲜香，也有酒的冽香，同时还有一点甜丝丝的感觉。这儿农家乐多是依山而建，面朝太湖。如周末邀上三五好友，点上一桌湖鲜，临窗把酒，这惬意不用描述也能想象，是多么快乐。

名闻天下的碧螺春茶也产在这儿。旧时，这东西作为贡品，以快马换骑方式送到京城。也就是说，那时的皇帝在清明前是喝得上这种时鲜玩意的。现在特供送北京用飞机，也可能乘高铁，一点儿也不会耽搁时间。碧螺春茶依然是今天西山的名片，每年的清明前后，四方的客商云集到这儿采购。平时我们在城里也能喝到碧螺春茶，但是如果能够在产地品尝一杯，意味可能不一般了。散步之际，在湖边一家茶坊的门口看见立了一个广告牌，上面吆喝着：明前碧螺春茶，每壶三十元。这时正好有闲时和闲心，于是拣一桌椅坐下，叫服务员泡上一壶。少顷掀起茶盖看，茶的外形条索纤细，茸毛遍布，白毫隐翠，茶色嫩鲜明亮。只喝几口，便觉得清香，看太湖上的船帆和远处的青山，更有一种微甘回味涌上心头。

西山的枇杷大如弹丸，表面橙黄色，名唤"青种"。果肉鲜嫩，甜酸适度，核少汁多，爽口皮薄，易剥离。太湖东山产"西沙枇杷"，明人王世懋《学圃杂疏》中将东山枇杷视为天下枇杷之最。清时，西山人根据本岛的土壤特点，移野生枇杷培育了"青种"，这个品种与东山的"西沙枇杷"不同，但异种同甜。我住的那家农家乐，房东及邻人的屋后院前，栽满此树。房东说，枇杷上市时，各地的游人蜂拥而至西山尝鲜，吃完了还成箱成盒地捎带回去。我问他那时每斤售价多少，房东说一般二十元左右。一棵树有几十斤，树龄老的还可以再多一些，枇杷的收入应该是当地农人的一项重要收入。我记得每年枇杷上市时，上海市场上也有枇杷出售，淡而无味，犹如白水，三五元就可称上一斤。我把这个疑问说出来，房东呵呵一笑，说那肯定不是西山产的"青种"枇杷。西山枇杷好吃，这与品种及其土壤，还有太湖特有的气蒸湖波大有关系。

西山有很多好玩的地方。我懒惰怕走，只游了明月湾和石公山。对明月湾古村印象颇深。

明月湾在西山的最南端，也就是说在西山走路，走到尽头了，明月湾便到了。如果将三亚比作中国的天涯海角，那么明月湾便是西山的天涯海角。明月湾古村有许多建于明清时的宅第祠堂，也有一条千米长的石板街。行走在这些老房子的宅前屋后，抚摸漆成黑色的木门，漆成红色的栏杆、花格窗子等，抬首仰望挂在楼堂宅殿里的匾牌和楹联，觉得特有古意，不知不觉中让人有时光倒转的感觉。古村为什么会这么完整地保存？我想，除当地人注意保护外，可能就是交通不便的原因。有时后者超过前者。没有钱去折腾，反倒守着一份纯粹。看看眼下那些保护好一点的古城古村，似乎都有这么一种经历。

村前有株香樟树。村中只此一株，真的叫硕大无朋。树龄有1200多年了。那时应该是在遥远的唐代。不知是谁种下这么一颗种子，也许是随风吹来的，也有可能是随太湖的水漂浮来的，也有可能……不过考证这棵树究竟是怎么来这儿的，在今天已经没有多大意思了，然而它现在成为明月湾的标志确实是太有意义了。航行在湖上的人，远远地望见这棵大树，他们会说那是明月湾；远路来的行者，看到这棵大树，他们知道目的地到了，疲乏的旅行可借此暂且歇脚了。

村口还有一个石砌的古码头。长条码头延伸在湖水中，两边皆能泊船览舟。现在公路通村，码头的作用大为减弱。但在过去，它是唯一的与外界联系的窗口。据说唐代大诗人白居易来明月湾游览就是在这儿泊舟上岸的。这个我信，唐代文人有钱有闲，他们四处转悠，闻得此处有西施与吴王的遗迹，借条船划到这里来寻芳赏月是有可能的。白居易是名人，有名人效应，他来了以后，皮日休、陆龟蒙、贾岛、刘长卿等文人墨客也都跟着到此吟风弄月。后来到北宋时，黄庭坚也来了。他们都留下了赞美明月湾的诗文。明月湾因唐宋两朝的许多文人留下的诗文被广为传播，在那时这儿是一个著名的地方。宋徽宗时，金兵南侵，中原高官贵族纷纷南迁。当时有金、邓、秦、黄、吴五族迁入此村。下船的地方，也是这个古埠。现在这五姓仍是明月湾村的大姓，只是岁月沧桑，他们早由贵族变为平民，脸色被野风吹得黝黑。

2015年3月29日

当年鲁迅就住在这里

年轻时读得最多的是鲁迅的书。那时课本上选有多篇鲁迅写的文章，报纸上也常根据政治形势转载介绍鲁迅的杂文。当时给我的印象，鲁迅是唯一的文学家，是文化的圣人。这也几乎是我这个年龄段人共同的经历。随着学界的反思，这些年对鲁迅的评价也趋于理性。我们知道世界上其实没有圣人，所谓的圣人大多是后来者根据自身的需要吹捧出来的。然而这并不妨碍鲁迅在我心中依然是一个正直的文人，一个杰出的作家。

某天看到有鲁迅故居的消息，遂决定前往看看。

说来有点惭愧，打小便居住在沪上，真正决定到鲁迅的故居拜谒却是头一回。不是我缺乏对鲁迅的尊敬，是觉得天天在上海，离他的故居又很近，哪一天都可以去。谁知道这么一拖延，好多年忽地闪了过去。

鲁迅在上海的故居有两个。我去的是山阴路一百三十二弄九号这个。去之前我心生好几个不算问题的问题：一是故居离内山书店有多远？二是这房间面积有多大？三是这房子是借的还是买的？读过许多回忆鲁迅的文章，说他一旦觉得腻人乏味，就走到内山书店里转转。我判断这书店离他的住处不远。鲁迅交际广泛，许多人喜欢到他府上喝茶聊天，想来这房子不会小的。现在国人时兴买房，民国时的人是否也喜欢购置房产呢？倘鲁迅没买房，那么他的这间房子的租金又是多少？至于鲁迅住在这里写了多少文章、出了多少书，不是对这些事情不感兴趣，而是写这方面的文字太多了，俯拾皆是，我没必要去凑这个热闹了。

山阴路一百三十二弄过去叫施高塔路大陆新村。故居建筑类似现在的连体别墅,一个门洞,上下三层。一层为厨房、客厅和餐厅。餐厅里有张长方形的桌子,六把椅子围着。在这里,我好像看见鲁迅起身离座,端起酒杯向客人敬酒呢。二层是鲁迅的卧室兼书房,铁架床、大衣柜、茶几、两把藤椅和写字台沿墙排开。当年鲁迅便是坐在这把藤椅上奋笔疾书的。他写作的形象,曾被陈逸飞创作成油画在许多地方展览。三层是儿子周海婴和女佣的卧室。墙沿放着一张大床,不知周公子当年在这上面撒过了多少泡尿,而如今连海婴先生也辞世多年。故居屋里的摆设绝大部分是鲁迅生前所使用过的原物。历经这么多年能够保护得这么好,实属弥足珍贵。屋前有小花圃,种植桃树、紫荆、石榴等花木,高矮搭配,显得有情调,亦十分雅致。

从外表观看,故居有浓郁的日式风格,这与介绍说这些建筑是当年日商开发的情况颇为相符。鲁迅以前住在多伦路上,后来搬到了这里。这两处的住地,离虹口日租界只有几步之遥。日租界是日侨聚集的地方。当年这儿日货供应丰富,日式的吃穿住行是这儿的主流消费。鲁迅之所以选择此地居住,与鲁迅早年留学日本有关。一般来讲,青年时接触并接受的东西,会对一个人产生久远的影响。日式生活他年轻时喜欢,现在也让他觉得不错。此外,鲁迅搬到这儿来住,与日侨内山丸造在这儿开了家书店也有很大关联。内山丸造是鲁迅的好友,他们非常谈得来,在卖书与买书方面有着很好的合作。鲁迅选择大陆新村居住,没准还是内山先生从中搭桥牵线的。内山书店离鲁迅住的地方不足千米。在友人写鲁迅的回忆文章里,常常会出现这样一幕情景:与朋友的约时快到了,鲁迅赶忙放下手头的事,径直往内山书店赶去。

房间面积有二百多平方米。一家三口住这么大的面积,就是搁在今天讲也是相当可以的,但周家的实际人口并不止这些。鲁迅在江湖上素有侠名,一些朋友落难,常把他这儿当作暂居之所。我所知道的有瞿秋白、冯雪峰、萧军、萧红等,其中瞿秋白一连在这儿住了一个多月。当时瞿秋白正处政治失意期,蛰伏在鲁迅家里,写了《王道诗话》《苦闷的答复》《曲的解放》《一种云》诸文。鲁迅以自己的名义帮他在《申报·自由谈》发表并赚取不薄的稿酬。鲁迅曾书写对联赠予瞿秋白曰"人生得一知己足矣，斯世当以同怀视之"，这是两位文学巨匠朝夕相处，不时碰撞出来的火花。二层的小房间里，至今还保存有瞿秋白睡过的床铺。周家当时还雇请了两个用人。平时常住应是五人。由此而言，这点面积并不算宽敞，有时甚至还有点拥挤。

所有资料和书面的介绍都没有标明这房屋的主人是谁，但这是我访问故居之前就带着的求答题。问了故居管理人员，其中一个不知道，知道的那位告诉说，日本人是房子产权人。这位日本人买下房屋，目的是赚取租金，而租赁的中间介绍人，正是内山丸造。当年鲁迅以每月四十五块的大洋向他租了下来。四十五元什么概念？这差不多是当时两个技术熟练工人月工资的总额，一点儿也不便宜。研究鲁迅的人，统计过鲁迅的收入每月在七百元左右；以这种收入付出四十五元租赁费是不会感到吃力的。当时的上海人也许并不时兴买房子，不但鲁迅没买，就连当时也住在上海，并且收入不菲的徐志摩等人也没买。由此可以看出那时的一些情况，就是人们喜欢租房而不像现在的人成天盘算如何去买一套房子。此外，作为著名的作家，鲁迅的稿酬收入不低，正是有了这不薄的稿酬作经济基础，文化人的鲁迅才能拥有独立的人格和坚定的自由思考，否则，我们很难想象这样一位斗士一般的人物如何在上海滩立足。

从鲁迅故居出来是山阴路，当然进去也是。这是条很狭窄的马路，看得出来，这条路没有被颠覆性地改造过，路的格局和风貌仍保持着原来的样子。当年的鲁迅，几乎是三天两头要从家里到内山书店去，然后再一次次地从书店往家里赶。他通常是胳膊里掖着买来的书，一边抽着烟，一边走路，想着属于他的心事。我轻轻踏步，觉得这足下不是冰冷冷的水泥路，而是一条带有鲁迅气息、带有鲁迅体温的文学之路，既浩茫无边，又丝丝入心。我怕我刚才所说亵渎了鲁迅，别人来此是为他增添光辉的，我虽没有抹黑的意思，却大大地讲了他赚钱和日常花费的俗事。可普通人谁又离得开赚钱和花钱呢！就这么想着，不知不觉来到了挂有内山书店原址的地方。抬头一看，这地方已换颜变成工商银行。其实书店变银行是常有的事，但那是在别的地方，在这儿，把这么一个有纪念意义的地方改造成储存铜臭味的仓库才叫俗气呢！我似乎为自己找到了一个可以解脱的理由了，也许这还算不上理由，可我干吗要去找什么理由呢！我就是这么想的，我得尊重我的想法。

2014年2月2日

九龙峡

安吉有条九龙峡，因对其印象好，回来吹牛，大家说："啥时带我们也去一次。"缘于此，有了第五回去九龙峡。

安吉有两样东西闻名，竹海与白茶，九龙峡这两样都有。除此外，还有水。峡谷是两山陡峭处的底点，水往低处流，九龙峡里汇聚了很多水，从峡谷这一头到那一头。高低错落，大小瀑布，似帘赛帷，哗哗流水终夜不停。水总让人想到柔弱，可我在这儿看到的是穿透力和力量，凡水经过之处，石块均没了棱角，凡阻水之处，也都被冲开了口子。

九龙峡不算有名气，所以游者寥寥。即便在盛夏之际，人也不多。人少风景就安静，竹径险崖、灵木仙草均呈自然状。谷底空气流动滞板，植物芳香味儿特浓郁，我步入峡谷时，立觉被其弥漫，浸染全身，深深呼吸一口，如饮琼浆。这些年常出门，或机场车站，或港口码头，皆人满为患。经历过太多的人头攒动和被人推推搡搡，今天到了这儿，才觉得可以拥有青山，可以拥有绿水，可以拥有空气，可以拥有安静。

山民严荣林，在此建筑居屋，购床置物，开了"春秋旅舍"农家乐。我每回来九龙峡都是住他这儿。我喜欢"春秋旅舍"，是因为我喜欢住熟了的地方。每次来只需通个电话，告诉他，我的车马上到了，他便亲到停车场来接我。这种感觉很好，觉得自己一直被人记得。还有一个好处是，他利用旅舍前一块平地搭了个凉亭，凉亭里有竹桌竹椅。这样我就可以在晨起或晚睡以前，坐在这儿泡壶白茶，面对咫尺青山，闻山溪淙淙不绝于耳，肆意地想心事。

闲时和严荣林聊天。我说："你这儿空气好水好。"他说："还是城市好，买东西方便，看病也方便。"很有趣，彼此都对自己的状态不满意，想过对方的日子。按一般的讲法是城里好，可城里人老是喜欢往乡间跑，农家乐成了城里人歇脚的驿站。依我看，那儿好不好不重要，如果一直保持对对方生活的好奇和安于自己的生活才是最重要的。就像现在，我喜欢从几百里外驱车来这儿小住，而严荣林则为营生忙得不亦乐乎。

　　九龙峡除白茶外还产石笋干。石笋干又叫扁尖，取野竹芽尖腌晒。没买茶叶，是因为过了时令。只买石笋干，是因为夏令正是吃它的时候。扁尖色泽青黄，蜷缩成一团，闻之有竹子清香味，与冬瓜、火腿炖汤，与毛豆、肉丝混炒，均成佳肴，每回来九龙峡都买点。众人见我买，纷纷效仿。严荣林收好钱，脸上荡漾着丰收的笑意。辞别九龙峡时，严荣林送我至停车场，说下次再来哦。我说好的。会来第六回吗？一般讲还会来，但未来有许多事是难以确定的。我说会来，既是出于礼貌，也是实情。

2014年7月31日

木渎镇上

木渎镇被河水划成两爿。我在茶楼上，凭窗望对岸。

对岸有一幢幢老屋。普通的老屋，楼高二层，一律傍着河，环水而建。前门是街，后门是河。临河的门口，有一个桌面大的平台，一级级石阶延伸至河水下面，当地人叫埠头，是停泊自家船只的地方。旧时，主人在前面摇着扇儿轻步慢走，仆人扛着货物跟在后面。那时小镇的交通工具是舢板，拥有这样一个石埠作码头，标明这户人家家境颇为殷实。

老屋历经风霜，屋顶的好几片黑瓦已有裂痕，纵然这样，瓦片从屋脊伸到屋檐，依旧排列得很整齐。与屋顶相比，墙面破败得难看，斑斑驳驳，颜色由白色变成了黑灰色。依然好看的是嵌饰在墙面上的玻璃窗，木格子状。那种美丽花纹是江南特有的，内蕴着几分儒雅之气，无论内窥还是外看，都清晰透明。

老屋的一楼有位老者，他斜坐在躺椅上，双腿伸直搁置在方凳上，眯缝着眼，看着绸缎似的河水以及河上的船。二楼也有一个躺椅，上面斜躺着一个少女。大约一周的学习特别乏累，双休日里，她想松弛一下。她找了自家二楼这个制高点，居高临下看风景。祖孙二人，一个在楼上，一个在楼下，他们同时望着这条流淌了几百年的小河，想着各自的心事。少女想着想着，竟然在暖暖的阳光里迷迷糊糊地睡着了……

小镇人们固守着几百年来的传统，心思简单，节奏舒缓，日子过得惬意而又满足。正如这门前舒缓悠然的河水，虽也荡漾，但那只是在原地的摇晃。与气定神闲的小镇人们相比，来这儿游玩的城里人都是一帮"急刹鬼"。他们名为寻幽，实际上浮躁，屁股没坐热就走了，留下许多喝剩的矿泉水塑料瓶和果皮壳。我看了很久，想了很久。我打算找个时间，在镇上住上几天。我不会随意地扔下饮料的包装和瓜果皮，我每天清晨会去茶馆沏上一壶绿茶，我会有耐心地听听评弹，听听当地人侃大山。我还会在河边的长廊下摆开一张桌子喝酒，从黄昏时分一直到嫦娥走上桥头、月色溶于河水之中。

同伴笑我痴，说："你待在这儿谁发薪水给你，谁给你做饭洗衣裳。"茶馆的小姑娘也讲我怪，说："搁着这么大的城市不待，还要到我们乡下来住。"他们这样说，显然是不相信我，而且还包含有某种嘲讽的意味。其实我也不是百分之百地相信自己，想法和实际总是有很大的差距。这儿不是我的家园，我只是一个飞跃林子的过鸟，在稍作一阵喘息之后，要做的事情便是再次振动羽翼钻飞至云层的外面。

风景是别人的，再美，还在原地，心情是自己的，走得再远，可以跟着自己。这儿没人会收留我，即便有，我也没有理由住下来，我终究还是要走的。我唯一可以做的，是下次再到这儿来，同时，我还会把木渎留给我的这一份心情带回去，让人画成画挂在书屋里。

2014 年 11 月 24 日

娄塘老镇

一位博友的文章，说娄塘古镇，还保留着过去老的街道，其中老的弹格路和老饭馆特别有味道。我是个怀旧的人，这篇博文很轻易地拨动了我的心弦。挑个心情好天气也好的日子，坐上沪唐长途线，只身前往。下车进得镇内后便随意地闲逛起来。小镇横竖的主街有两条，一条依水而筑，另一条随河而弯。街上的房子，年头很久了，有些墙面老旧斑驳，有些则刷上粉白色的石炭。那些粉饰过的房子很好看，黑瓦白墙，清爽得让人觉得整个世界都是干净的。镇上居民不算多，街上很少见到行人，很安静，偶有人轻咳一声，声音也会传得很远。

在小巷里穿行，很有些意味。脚踩着高低不平的弹格路，有一种置身于采石场的感觉，足下穴位受了刺激，好像被电麻了一下。蹲下来细看，路面全用不规则的卵石和块石铺筑，可谓乱石铺路，但乱而不失章法，局部的凸凹不平，并不影响总体的平整。小时候，上海的很多弄堂都是这种弹格路，老辈人常说，弹格路接地气，渗水好，路石碎了就换，修理起来很方便。弹格路是和上海老城厢连在一起的，是江浙一带很多城市的风景，后来由于城市的发展，拆除弹格路也成了风景，等拆完了，这道风景也就彻底淡出了人们的视线。现如今在娄塘镇还能看到这道风景，这对像我这种年龄的上海人来说是很亲切的。对小一辈的人来说，假如他们有一天到这儿看看父辈们曾经走过的路，也是一种父辈记忆的重温，亦可算是旧风传承的预习。

街旁的饭馆很古朴，也很简陋，这些兼有茶馆和酒馆的饭馆通常不大，店堂里一般能摆放几张八仙桌。座椅是老式的长条凳，沿方桌边上置放四条，油漆虽已经剥落，但坐上去仍感觉结实。顾客多为当地人，喝茶的自带一些油炸麻花，泡上一杯绿茶；喝酒的自带白酒或花雕，再点上一份价廉物美的花生米或炒螺蛳。有趣的是，酒客和茶客混杂在一起，不管认识与否，有无交情，只要共坐一桌，马上就能找到沟通的话题。交流方式因陌生而感觉新鲜，他们谈天说地，虚实应对，传播着各式各样的信息，脸上露出满足而又自得的神色。这种古老集市的慢生活节奏，仿佛与当前流行的快餐文化并不相符，但在娄塘老镇却显得与之特别吻合，就好像是印在老年人额头上的皱纹，渐长的年岁因有这种印记才显得真实。这时的我，腹中并无饥馑，为体验一下这老镇旧风的氛围，我学当地的食客，也点了份糟猪肠和水煮花生米，还叫了吴地产的糟烧，横坐在凳上，大腿劈叉，小口抿酒。这种手工古法的糟烧酒很辣也很冲，我不是那么适应，但和来这儿享用茶、酒的客人一边饮酒一边阔谈，很有点尽兴的发挥，不一会儿竟也将这二两糟烧灌进肚里去了，不过头有点晕乎乎的。离开那个叫"暸北旧"的小饭馆时双脚发飘，加上弹格路凹陷凸突的刺激，深一脚，浅一脚，摇摇晃晃地，好似在迈着段誉的"凌波微步"，感觉老好的。

　　回来查《嘉定县志》，原来，娄塘的集市自元代已经形成，其"一日一集"，热闹非凡，而以茶、酒、商为主要内涵，故有"食娄塘"之称。时至今日，娄塘的吃还是余音绕梁，原味未失。

2010年2月27日

游南北湖

　　海盐县的南北湖在上海颇有些名头，这些年前往游览的人很多，遗憾的是，我从来没有踏足过。冬季虽不是个适宜出游的日子，可当宗友兄欲谋划到那儿游览时，我还是举起了赞同的双手。去，固然是因为没有去过而去，其实最主要的是与好友结伴出游，这比欣赏美丽的景色更重要，也更愉悦。

　　南北湖不大，一条湖堤将其分成两爿，南爿叫南湖，北爿叫北湖。湖不大，却有个风致的湖名。我佩服这个给湖起名的人，不知此公隐居何方，否则我将前往拜访。由于心存这个念想，方便时遂将想法抛向了前台。姑娘嫣然一笑，说也不知谁起的名，捕鱼的船民都这样叫，叫习惯了，大家也都跟着这样叫了。

　　南北湖尽管不大，但周遭重叠的山嶂，给湖面平添了些许气势。湖水围山，绕来绕去，弯弯曲曲，让人觉得，好像这儿山才是主旋律，水只是配角而已。其实不然，山若无水，秀不成色，水没了山作依托，骨架散了，水势亦无。山水相依，方成就了南北湖一派风光。可惜我们到时正逢冬寒风冷时节，湖边苇黄，堤上树枯，风景甚是萧索。

　　湖边有一小亭。闲步入内小息。所谓小息，是凭栏远眺山光湖色。湖边有亭不稀奇，亭名怎么叫却常叫人琢磨一会儿。出得亭来，抬首仰看，写着"明星亭"。一般亭名通常带有几分古雅，此亭冠"明星"二字是否有点俗气？探明原意后方才知道，原来与民国时电影明星胡蝶有关。当年胡蝶领衔主演的《盐潮》在此搭布景拍戏，后来有好事者建亭作为纪念。如此说来，这亭也算建了有些年份，亭名冠以"明星"二字也能理解。虽说胡蝶的名气早已过时，可我觉得这儿依然散发出佳人的体温和气息。

离亭不远的地方，有座精致秀美的石桥，名曰"小宛桥"。这也是一个与名女人有缘的地方。清顺治年间，秦淮八艳之一的董小宛跟随冒辟疆因清兵南下，避难时寄居在南北湖畔。当年她以倾城倾国之色与相爱的人走到一起，并心甘情愿地与冒辟疆过着简朴的难民生活。后人为纪念这位重情重义的名妓，遂在她多次涉水而过的地方筑桥以表不忘。怕惊扰这位已在地下酣睡了三百多年的冒辟疆的红颜知己，我在上桥和下桥的时候，脚步均迈得轻轻又轻轻，湖水好像也知道我的心思，流淌经过石桥孔洞时，缓缓地不发出一丁点儿的声响。

鹰窠顶是观日观湖观海的绝佳之处。车至山顶，由于云层浓厚而显得沉重，大有笼罩天地之势，是故我们也没有了登高观远的心情。听说云岫庵有千年的历史，于是到了庵里参观。参观以后，让人不得不对这座深山古刹刮目相看。我在上海去过一些寺庙，比如静安寺、玉佛寺、龙华寺，这些庙宇近来都进行了改造和装潢，气派显得富丽堂皇。踏进寺庙一瞬间，让人觉得好像步入了豪华的大商场，佛地专精一心的静意没有了，这不能不说是一件很遗憾的事。云岫庵里的香火很旺，香客也不少，但依旧给人感觉，这儿是佛家修行的好地方。云岫庵山门狭窄，云岫庵匾额三个字是赵朴初题写的。赵字古拙而灵动，与古庵甚是匹配。庵堂里有天王殿、观音殿、藏经阁等，这些亭阁都依山而建，层叠逶迤。建筑虽然斑驳，但都打扫得干干净净，朴素而不失雅致。当树枝上时不时地掉下一两片落叶时，"溪花与禅意"的意味更浓了。只是云岫庵虽为庵堂，但晃来晃去的都是和尚让人觉得有点怪怪的。打听以后才知道，原来这些年落发为尼的人不多，而云岫庵的规模又比一般庵堂大，年迈的尼僧一一离去后，很多管理位置空缺了。无奈之下，佛教管理部门只好撤回尼僧，调来和尚到此晨暮课诵。这情景与当今社会一些工厂招不到务工人员是一样的道理。庵堂里有副对联，曰："远眺东西两浙，俯看南北双湖"，这是我此次出游看到的最好的对子，不但对仗工稳，而且与庵名相呼应，十分贴切，实是佳联。庵堂里还有一汪泉眼，名唤"雪窦泉"，清澈甘甜。据说是泡茶品茗的上好佳水，这儿的僧人明知用"雪窦泉"泡茶可以牟取商业利润，可他们静心修佛，不为小利而动，任泉水自流自淌。我们虽然无缘品尝用"雪窦泉"泡的茶水，但对在庵堂里诵经行道的僧人多了一份敬意。

湖的周边还有一些景点没有去游览，如"黄沙坞""钱江潮源""西涧草堂""董小宛葬花处"。没去的借口是因为不识得路径，其实这个借口很勉强，真实原因是我们这些朋友难得相聚在一起，大家觉得，喝酒聊天，比看山水风景，比听美人故事更重要。确实，来了南北湖后，有一半的时间是花在了划拳猜令上面。南北湖啊，这次很遗憾没能紧紧地把你拥抱一个透，不过也因此留下了念想，而念想一定转化成下次再来拜会你、和你拥抱的动力。

南北湖给我的印象，怎么说呢？她是夹在西湖和玄武湖当中的一洼清水，比之西湖缺了点悠远，比玄武湖也少了份厚重，唯一不同处是，她紧紧连着东海，山、湖、海一色是南北湖的特色，陈从周教授说她"集雄伟与雅秀于一处"是有道理的。这一点，其他天下名湖与你相比恐怕都要稍逊一筹。

2015 年 1 月 17 日

蚌埠游踪实录

　　返沪途中在蚌埠下了车。蚌埠是我一直想去的地方，这次成行，要感谢守振兄的一再邀请。蚌埠又称珠城，文化底蕴深厚，许多历史遗迹足以让文人墨客凭吊一番。比如当年大禹治水时会见诸侯的涂山，比如楚汉之争的垓下之战旧址，再比如朱元璋的凤阳明皇陵等。我根据自己的行程及喜好，选择去了卞和洞、汤和墓以及闹市中心的"二马路"。

一

　　卞和洞在蚌埠郊区的怀远县境内。

　　卞和是春秋时的楚人。当时他怎么就会在怀远的荆山挖到一块宝玉呢？我想不通，估计也没有几个人会想得通。两千多年前，独山玉、蓝田玉、岫玉、白玉、玛瑙均有知名的产地，这个卞和居然在从没出产过玉石的荆山挖到一块璞玉。以今人的眼光不被认可，以当时楚人的眼光也未被认可。可卞和坚持说他手中的石头是块宝玉，执政的两代君王觉得这个傻瓜有行骗嫌疑，为杀一儆百，楚厉王下令砍掉他的左脚，楚武王后来又砍下他的右脚。即便如此，卞和仍不改初心，坚持说手中的石块是宝玉。终于等来了识玉的楚文王，璞石也被打磨成光彩照人的"和氏璧"，而卞和也因献玉有功而被封为零阳侯。在以后的若干年里，战国诸强为争夺这块宝玉，爆发了好几场战争，成语故事"价值连城"和"完璧归赵"都是围绕着"和氏璧"而展开的。秦始皇一统天下，还将这块"和氏璧"雕刻成玉玺，成为皇权的象征。可惜在五代的时候，这块"和氏璧"突然不知去向了。其实这时候已经时过境迁，"和氏璧"的有无，已经没有太大的意思了。有的话，藏之深宫固然好，没有的话，宫里也不缺这一块。人们之所以对"和氏璧"的失踪有些惋惜，实是因为"和氏璧"背后的故事，因为它承载着人们对一个人的追忆和对一种精神的认可。真理有时掌握在个别人手里，敢不敢坚持最能看出一个人的品性，卞和被人砍掉双足仍坚称真理在自己这一边，这种精神远超玉石本身。我之所以想来卞和洞看看，有一种朝圣的心结作祟。此外，史学界对卞和的籍贯向来有不同的看法，我虽不做这方面的研究，但到实地走一走，感受一下实地的气氛，这对以后理解这方面的文章是大有裨益的。

淮河穿怀远县而过，涂山与荆山夹峙在淮河两边，荆山虽然不高，但荒秃秃的圆石连绵不绝，气势不弱。著名的卞和洞便隐没在荆山的奇峰怪石里。守振兄退休前在怀远教书，他带我从怀远县的小西门城区穿入，在攀爬了一条叫酸腿岗的胡同后，再往右拐，进入坡度更陡险的酸腿岗南巷，巷尽之时，荆山之顶便已在足下。地形之怪异，而且连接着居民街区，这是我游历多地而从来没有见到过的。如果没有熟悉地形的守振兄领路，外来的我是很难摸到上山路径的。由于还没有开发，山上没有可供游人行走的阶梯路径。野草踩坏的地方便是上山的路，可是石头多，绿草少，野径路标并不明显，因此卞和洞也很不好寻找。但当七拐八弯终于寻找到的时候，又很让人失望。因为这仅仅是一个小小的山洞而已，如果没有卞和的故事发生在这儿，这个山洞实在是太过平凡了。可是，如果往深处想一想，不是山洞不起眼，是我们苛刻了古人。岁月沧桑，经过几千年的风磨云洗，再好的物观也会变得面目全非，何况这个山洞，卞和当年仅仅把这儿当作一个临时歇脚的地方，顺便打磨一下玉器。此时此刻，物变人非这不是很正常的事吗？

当日的荆山之上，除了我和守振兄之外，只有寥寥可数的几个当地人在玩耍。我很幸运能够在这么一种状况下完成怀远荆山卞和洞的游览，这种场景让我感受到了一种遗址还没有开发的原生态的味道。卞和坚守的精神很有内涵，故事也有看点。如果搞些相应的旅游开发，这儿能够为当地的发展，带来不小的推动作用。

二

汤和墓比卞和洞幸运得多。几年前已完成开发工作，眼下这个景点，属全国重点文保单位。

汤和墓在市东郊的曹山上，别看现在离市区不远，但过去绝对算得上荒郊野外。不高的曹山，其实只是一个略有起伏的丘陵，由于位临浩瀚的龙子湖，显得灵气十足。几个老头看管着墓园，又养鸡又养鹅，看上去，他们显得悠然自得。鸡鹅三五成群，时隐时现在墓道的石人石兽的间隔里面，间或还叫上几声，一扫墓园的寂寂之气。神道碑高耸入云，映着晴空，有几分与蓝天共存的意味。只是不知什么原因，密密麻麻的碑文被人逐字逐字凿空了。此为何人所干？什么时候下的手？其意何在？无人知晓，这是汤和墓园一片解不开的疑云。墓道两旁按序排列着石雕的马、羊、狮、文人、武士等，线条粗犷而不失流畅。我对石雕艺术不甚了解，只觉得历经六百年风磨雨洗，这些石雕仍然生动逼真是很不容易的。介绍上说，石雕是明初的雕刻精品。想那时一定是花了重金，请来高手雕刻的，否则，不会到了今天还被人津津乐道。墓穴的入口处，仿明朝的式样建起了享堂。享堂白色马头墙，青灰色筒瓦，深褐色木梁，飞檐翘角，屋顶瓦块的隙缝处，生长着半青半枯的茎秆，风一吹，微微摇摆，主基调给人很古老的感觉。在看门老头的带领下，我们扶着栏杆沿着阶梯走下墓室近距离观瞻。里面潮气很重，阴森森的。看门人很热情，充当起半个讲解员，给我们说了一些当年挖掘汤和墓的故事。几百年来，汤和墓多次被盗，而今在墓室的上方，还有两个狭窄的盗墓人留下的出入口。即便如此，1973年挖掘时还是在墓室里发现了一百多件物品，其中有一个带盖的"元青花双兽耳大罐"被认定为国宝级文物，专家说这是研究元明之际青花作品的重要实物资料，参考同类文物的拍卖价，现在价值以亿计算。

顺便说说汤和这个人。汤和是明代开国皇帝朱元璋的邻居，比朱元璋年长三岁，汤和先朱元璋投奔义军，混了个小职务后，再写信拉朱元璋入伙。不知是朱元璋比汤和能干，还是朱元璋的机会好，这位被汤大将军介绍入伙的儿时玩伴反而后来居上做了皇帝。事实上汤和也挺能打仗的，史书上说他打过很多胜仗，凭战功做了统军元帅。这是没有办法的事，朱有皇帝命，汤和只能官至元帅。由于汤和挺能干的，晚年时还被派往东南沿海考察抗倭战事，回来后向朝廷提出很多有积极意义的建议并被皇帝采纳。他提的方案发挥了很好的作用，浙江沿海的民众没有忘记他，建了汤和庙以感念他的抗倭护境之德。在温州的瓯海区，至今仍有汤和庙。作为发小，汤和太了解朱元璋的为人了，很早就看出来了朱元璋忌惮军权在握的昔日战友，他在六十岁不到的时候，便识相地打了退役报告，交出了兵权。此举博得"圣上龙颜大悦"，发给汤和很大一笔安置费。汤和晚年时好像也悟出了人生真谛，将皇帝赏赐他的钱财大多分给了家乡的亲人，并且还把多名小妾一一打发了事。果然，在汤和辞职后的几年里，朱元璋以各种借口，一一诛戮胡惟庸、李善长、蓝玉等以前在一起打江山的兄弟。汤和也更加谨慎了，严加约束家人，自己也从不议论国事。他是硕果仅存的功臣之一，最后在蚌埠善终。不过汤和寿命不算长，辞世这年刚好七十岁。我猜测，当亲眼看到朱元璋凶狠地杀掉昔时的好兄弟好战友，并且还株连人家九族时，汤和心情一定非常坏，这种刺激是非同一般的，他甚至也有点胆战心惊，害怕凶兆哪天会落在他汤和的头上。人在老年的时候，如果还时时有这种担心，又怎么可能安享长寿呢！

　　死前不惹事，死后要厚葬。朱元璋按当时所能给予臣下的最高待遇办理了汤和的丧事。从汤和墓的规模和气势上看，朱元璋着实为安葬这位识时务的发小花了不小的心思。

三

　　蚌埠不只有古代遗址供人游览感怀，对我而言，它还有另一层意思，即它曾经是我父母生活过的地方。二十世纪四十年代末，母亲离开故乡，跟父亲来到她人生的第一个异地便是蚌埠的二马路。母亲在这儿开始了她的城市生活。她在这儿学会了穿旗袍、烫卷发，学会了每天拎着菜篮子去买菜。这段最初经历一直是母亲难以抹去的记忆，她不断地和别人讲起她在蚌埠的点点滴滴，晚年时也同我们做小辈的讲。因为这，蚌埠是我印象最深刻的城市之一。来到蚌埠，二马路自然也是我想去看看的地方。可事与愿违，二马路早已被改造得面目全非了，任我再怎么用脚丈量马路的尺寸，也找不回母亲以前叙述的那种味道，这不能不说是一件遗憾的事。不过我也因为寻找二马路，看到了那些躲在光鲜大马路后面的普通市民的生活场景。经过国庆路时，由于正逢吃早饭时辰，不同摊点上摆放着油糕、肉包、馄饨、油条、稀饭、胡辣汤、牛肉汤、手擀面等，诱人的香味在整条街的上空弥散，也唤醒了我的味觉。我先买了个肉包子，那肉馅因是手工剁的，有黏性，面皮蓬松酥软不粘嘴，又叫了碗咖喱牛肉汤，咖喱透彻，香气很足，直吃得我满脸冒汗。食品风味，南北兼有，这与珠城作为移民城市的特点是吻合的。售价比上海便宜，如油条每根为一元，上海要一块五。十元一碗的牛肉汤，价格虽与上海相近，但汤里的牛肉片明显比上海多。让我觉得意外和在上海看不到的是，蚌埠早点的市场上居然还有烧鸡卖。店主在店铺前支一口大铁锅，炉膛里添足了无烟煤块，半封半烧，小火苗闪闪发光。锅里是酱色浓浓的老汤，在煤火的推动下，正突突地翻滚着，七八个烧鸡好像在洗热水澡，左右浮动。店主还嫌不够，拿着舀子不停地替烧鸡逐个翻身，香味随热气四溢。烧鸡是现烧现卖。有人切半只，也有人整只买，店主用黄纸包扎后，再放入塑料袋里。这儿离符离镇不远，店主的烧鸡手艺应该是从那儿传承而来。要不是已经吃了早点，我真想坐在烧鸡店的小矮桌边，打几两白酒，撕半只扒鸡，边饮边观街景。

　　街景及风俗世态固然不错，然而更让我兴奋的却是误打误撞摸到了淮河大堤上，而且走下堤坝亲临至淮河水边。长江、黄河我不止一次地与它们有过零距离的接近，而唯独淮河，虽跨越次数最多，却从来没有一次走到河边去抚摸它。当双手捧起有点浑浊的淮河水时，我因心情激动而不停地向四处张望。历史上，淮河一次又一次地决堤泛滥，带给两岸人民数不清的苦难，但是，有害也有利，而且利远远大于害。其中一个最大的好处是，当泛滥的淮河水势顺流而来时，它也将河泥累积成大片的土地，这些土地经过劳动人民的辛勤耕耘，都已变为肥沃的良田，种五谷，植绿树，养活了千千万万的人。此外，淮河具有悠久的航运历史，为两岸居民西去东往及物资运输提供了便利。还有一件稀罕事，只有淮河才能独享，即它与秦岭一起，被地理学家拿来划分南北地理，河北为北方，对岸为南方，南北两边的土壤、植被、气候有明显不同。这种划分对一个旅行者来说，也十分有趣。我行走在珠城时，忽南忽北，穿越的意识强烈而又具体。我忽然联想到，父母当年在蚌埠期间，他们虽然不一定知道淮河在地理上的这种划分，但对两岸景观的体验是有的。他们有时也会手挽着手来到淮河大堤上看水景。淮河通大运河，坐船可以直达滕县的岗头港，那个乡野的小港口，离我老家古村才四千米的路。父亲属于江湖熟客一类的人物，他一定会把这一切仔仔细细地告诉母亲，没准他还会假定一条正在淮河上行驶的帆船说："如果咱们乘上这艘船，后天就可以到家了。"我此行虽然没能找到真正意义上的二马路，但离二马路不远处的这些街景与吃物，淮河与大坝，它们哪一个不是父母当年口腹之物和眼中风景呢？如果推断成立的话，那么我这次到蚌埠寻找父母当年足迹的目的也算完成了。想到这儿，当下有几分释怀，心里也欣慰了些。

2016年9月22日

老子炼丹的地方

老子山，顾名思义，是道家鼻祖老子来过的地方。我们当初也是这么想的，希冀到这儿能找到一点儿李聃留下的痕迹。来了以后，才知道这纯是痴心妄想。春秋时代到今天已有两千多年，这期间岁月沧桑，又历经兵火战乱，怎么可能保存有这位先贤哲人还没散去的丹味和遗留的灶迹呢！地图及旅游宣传册上有，但那不免有吹嘘的成分。不过，我们还是踏踏实实地以老子山为中心，游览了三个与老子似有关系而又没有直接关系的景点。姑且记之。

一、安淮禅寺

安淮禅寺原在龟山，现在的安淮禅寺是1994年重建的，地址也从龟山移至老子山北面的山顶上。旅游宣传册上对安淮禅寺有很多介绍，让人觉得这个景点不容错过，可当我到实地踏访以后，不免有点失望。安淮禅寺比我想象的差远了。走近安淮禅寺，抬头就看见庙门上方的匾额。据说这是现代一位高僧题写的，字体为华文新魏。我不懂书法，但同行的朋友擅长此道，他们说华文新魏是新字体，这种字体太过纤细，缺少厚重感，烘托不出古刹庄严肃穆的气氛。庙宇的建筑也差强人意。一般名刹，往往建有宝塔，并以此为中心，四周是参差不齐的殿阁，可是安淮禅寺重建到现在有二十多年了，至今仍然没能建起宝塔，而像样一点的殿堂，也就是山门殿和大雄宝殿。奇怪的是，我们在寺里转了好几圈，竟然没在里面见到一位和尚。我们是上午九点多到安淮禅寺的，按理说，这个时间段不该没有僧人啊？管理庙务的只有一个当地的老乡。那个山门殿的通道，被他拿来作收费的关卡。他大声吆喝着，对每位进入庙里的人收取10元钱。门口既没有收费的告示，也没有收费的标准，更没有收费的凭条。他点人数很老到。我们一行九人，好歹也算一群人，他硬是一个也没落下，将钱放入口袋里，冲我们笑了笑，态度又见和蔼。当他探出身子，确定我们后面没有其他跟进的游客后，便一个急转身，飞一般跑到大雄宝殿的门口，对着一些游客大声嚷叫什么，好像是客人没有按规则点燃香火什么的。同时，他还不断地朝收费的地方望去，当他看到那儿又有人影闪动时，迅即又急步跑了回去。这家伙两头都管，很卖力气；可能太过忙活，吃饭不长肉，人精瘦如树条。游客中有一个人似问非问地自语道：偌大的一个安淮禅寺，都是他承包管理的吗？那么，这寺里的和尚又都去哪了？另有一个游客似答非答地调侃说：和尚都下岗了呗！

　　淮河是一条任性的河流，曾经给沿淮两岸带来许多的洪涝灾害，下游洪泽湖一带受害尤深。北宋时，人们在龟山建了寺庙，取名安淮禅寺，意思很明显，就是拜托佛祖能够管住这条不听话的河流。寺庙初建时，规模宏伟，殿堂、楼阁、宝塔、禅房一一齐全。因为镇水，还在寺中用生铁铸制成五百尊铁罗汉和钟、铁镬、铁片。但是淮河岂是修造一座佛寺就能镇得住的。事实也确实是这样，淮河从来没有把安淮禅寺当回事，它一切由着性子来，喜怒哀乐，不讲半点的道理，有一年脾气发大了，竟然连老子山、龟山、泗州府以及安淮禅寺也统统卷入湖底。道光年间重修安淮禅寺，庙宇修好之时，请人题写了对子："佛法无边入水百年还出水，钟声依旧临淮千里更安淮。"看得出来，尽管淮河屡屡负人，但人们依旧对上苍保持着最深沉的虔诚，甚至不惜流露出几分低声下气来。可是，真正将淮河控制住的不是佛天老祖，而是共产党领导的新政府。新中国成立不久，毛泽东在视察淮河后做出了指示，那意思是一定要花大力气治理好淮河。通过上下一致的努力，奋战多年，政府带领人民终于拴住了淮河这匹脱缰撒野的顽马。现在淮河温顺了，它就像个送快递的，只把惠民之水送到了洪泽湖，然后等接受的人认可后，便笑了笑，说声再见，再也不敢向人们索取什么了。

　　安淮禅寺现在只有象征意义，它的存在只能表明这儿曾经有过这么一段历史。不过将一座庙宇交给一位老乡管理的做法实在欠妥，往深处讲的话，有点亵渎佛祖了。

二、龟山古村

说到龟山，老是让人想到毛泽东那句"龟蛇锁大江"的词句，毛泽东提到的龟山是武汉黄鹤楼脚下的龟山。不曾想到，老子山这儿也有个龟山。最初当车经过龟山时，我并不以为然，仅认为此山形似乌龟，当地人便叫它龟山罢了，不会有什么好景色的。不料待我游览龟山后，发现这个龟山不仅自然风景好，而且人文景观也很丰富。据地方志记载，唐宋时漕运发达，这儿商贾云集，人口多的时候有十万人。在当时是很多人向往游览的地方，仅在南北宋时，就有王安石、苏轼、欧阳修、米芾、杨万里等著名文化人到这儿来过，并留有赞美的诗篇。

龟山古村是龟山上的一个渔村。龟山的许多人文故事和自然景观也都集中在这个渔村里。那时这个地方很被人看重，北宋诗人张耒曾经有诗描述他乘舟经过渔村时的情景："云里人家自来往，天边楼阁远分明。"一个渔村大白天有很多的人影晃动，还有一些高耸的楼阁，这个地方不单单是一个渔村那么简单了，它有些集市的模样，还有一些好玩的景点。搁在今天，这个村庄起码是一个开了好多农家乐的地方。

龟山现在被冠名古村。据说申报并已被批准了。

我们在村里散步。可能是时处冬季，古村冷寂，游人寥寥无几。古村已经没有了往昔的繁荣。村里引人注目的是一些石头搭建起来的老房子，这些石屋有数百年历史，七斜八歪地躺在那儿，有的已经坍塌。石屋没人住，死气沉沉的，倒是那些身着锦袍的鸡群，屋前屋后地追逐觅食，给村庄带来许多鲜活的气息。其次有很多标明着什么什么遗迹的石碑也挺招引人的，比如说"御码头""巫支祁井"等。"御码头"不用说就明白，一定是哪个喜爱逛山玩水的圣上乘龙船来过。皇帝走了，村庄里的人觉得荣幸，立了一块碑来显摆。在我看来，皇帝的脚不见得比平民百姓的脚来得珍贵，凭什么走到哪，哪儿就立块碑石呢！

走近碑石，伸脚狠狠踢了几下，碑石十分硬实，我的脚硌得好痛。"怪巫支祁"是一个流传很广的故事，故事里的巫支祁是一个披着孝子外衣的妖怪，它专在淮河里作怪，大禹治水，费了好大力气擒住了它，将它锁于淮井中。这个故事我知道，但一直不知道这个淮井在何处。没想到，淮井在龟山的这个渔村里。我探头往"巫支祁井"里看，黑咕隆咚的，啥也没有。大概天太冷，巫支祁赖在温暖的井水里享清福呢。还有一棵参天千年银杏树，树顶树身的皮早就脱落了，但树身千年朽而不倒。树前有块铁皮牌子，上面记载着七仙女与董永的爱情故事，大意是当年七仙女私自下凡和董永结为夫妻，惹恼了天庭，玉帝喝令七仙女返回。七仙女与董永夫妻不舍离开，临分手时走到龟山这棵银杏树下，让大树证明他们要"百年好合"，不料银杏树一时疏忽，误向天庭说他俩只愿"百天好合"。这一误报，害得董永与七仙女只有百日的夫妻缘分。事后，银杏树觉得愧对这对恩爱的情人，便不吃不喝，成了"植物人"。这故事打动人的地方有两点：一是恩爱夫妻只有百日之缘，实是太短了，任谁听了这个故事，都会心碎欲哭；二是这棵树知道自己错了，宁愿选择死亡来向七仙女和董永表示歉意，这种精神是值得我们学习的。

村中这些个遗迹，说它是故事也好，传说也罢，其实都在替龟山上的这个渔村作注脚，意即这个渔村是有历史渊源的。如果这一点不被你认可，那么你可曾在其他村庄里见过有这么多的故事吗？我到过很多个古村，确实从来没见过又有大禹治水，又有皇帝来过，还有七仙女和董永故事的。尽管如此，我们既不能把这一切当真的，也不能说它完全是子虚乌有的。但另有一件事，让我确信这是真实的，那就是在南宋时，赵家皇帝的军队与金兵在这儿摆开架式大干了一场，金兵元帅金兀术因不熟水战，在龟山脚下吃了好几回败仗。只是不知金兀术当年是否在这个渔村里驻扎过他的草原铁骑。

村里有个最高点，我估摸着也是龟山之顶。山顶有个飞檐翘角的亭子，修得很精致。站立在亭中，唯见淮水流潺，机船穿梭，虽是酷寒的冬季，山枯水瘦，但洪泽湖翻波万顷的自然风光还是让人有心旷神怡之感。尤其那几只在此过冬的湖鸥，不停地上下盘旋，硬是给萧索的洪泽湖湖面平添了几分灵动之气。

三、明祖陵

进入明祖陵，映入眼帘的是成片的柏树和高耸巍峨的殿堂。柏树苍翠欲滴，这种树夏天阴凉，冬季则显森气。杜甫诗中形容柏树"柏森森"是有道理的。明祖陵的柏树构成的方阵让人不得不感叹皇家陵园的气派。明祖陵四周都是洪泽湖的水。准确地说，明祖陵现在是座湖岛，四周有圩堤围着，人行或车驰到明祖陵，都要穿过一座大桥。当然坐船也行，明祖陵有专门的码头。

朱元璋做了皇帝后，花了大把银子修筑他家的祖陵。明祖陵是他高祖、曾祖、祖父的衣冠冢。明祖陵建成后，朱元璋每年清明时节都要亲自带御林军从南京出发，浩浩荡荡，前往祭祖。可惜的是，淮河沿岸常受淮河洪灾的蹂躏，明祖陵在康熙时期便被洪水卷入洪泽湖的底部。直至1963年大旱之时，明祖陵在被湖水淹没了三百多年后才又从水底冒了出来。明祖陵原有的建筑没了，只有墙基和被冲得东倒西歪的碑石和石刻。由于明祖陵有重要的文史价值，国家投资重建了明祖陵。明祖陵几经修复，现在已经恢复了当年的风姿。神道两边的石刻均为原件。可能是湖水浸泡着石刻起着保护作用，文官头戴的乌纱、身穿的蟒袍、腰扎的玉带、脚蹬的朝靴，以及武将身穿的盔甲、手拿的宝剑和双目圆瞪的表情，还有那些狮子战马嘴上的细毛、马镫上的扣环，至今都保持得十分完好。线条之流畅，造型之优美，可与南京的明孝陵、北京的十三陵相媲美。说句实在话，到明祖陵来看文物，其实就是看这些排列在神道两侧的石刻。因为这些均是真正的古迹，它们体现了明初石雕艺术的最高水准。还有，经过专家严格论证，神道两边的石碑、石人、石马，其位置均按照原来样子摆放。也就是说，你今天来玩，与明朝朱元璋那时候来玩，看到的是一样的景点。当然，你还得学会在眼睛里复原明祖陵原有的殿堂、金门、玉桥、拜斋等建筑，这样你的感觉就更完整了。

朱元璋是一个有太多故事的皇帝。做了皇帝后，他深感帝位来之不易，一杀功臣，铲除威胁继承他帝位的人，二为他的先祖造皇陵。建祖陵与杀功臣是出于一个目的，也就是祈求上苍保佑他老朱家的皇帝永远做下去。皇帝里面，朱元璋的出身最为贫贱。朱百六、朱四九、朱初一分别是他的高祖、曾祖和祖父，从名字可以看出来，他的祖上几代都是目不识丁的贫苦农民。当年能吃上一顿饱饭就非常不容易了，死后的处理也极简便，也就是将尸体裹扎一张草席里，匆匆地扔弃到乱岗坟上就算完事。没想到了他朱元璋这一代，他老朱家竟然冒出一个皇帝。朱元璋为了证明他天生是做皇帝的命，不惜工本，耗时多年为老祖宗修建陵墓。老祖宗的遗骨早就在乱坟岗腐化为土，没有办法再找到了，只好在乱坟岗里象征性地刨挖几块泥土，然后用缝制好的龙袍包裹好，写上先祖的名字，放在棺椁里。大概是上苍看到朱元璋这种做法太过矫情，于是就给淮河和洪泽湖二位水神下了指令，让这哥俩用一场洪水把他们统统卷入湖底，并规定在300年里不得享受阳光的照耀。

在明祖陵前，我有三点感受：一是，真假是事实，再怎么打扮都不行，朱元璋的先祖们不会因为有他这么一个重孙做了皇帝而高贵起来；二是，好事多磨，朱元璋把乱坟岗上几块寻常泥土取出来并放到龙袍里，可遭遇水淹，它们也只好随水而去，最后又成沃土，供农人种田吃饭；三是，生死有命，富贵在天，各人有各人的命，各人有各人的生活。朱元璋为先人、为儿孙们思虑得再周详，到头来，还得由后人来决定他老朱家的命运。李自成攻破北京，清朝替代朱明王朝都是一种历史定律的演绎。

2017年1月27日

像鸟儿一样掠过草原

　　从草原回来多日，一直想写一篇关于草原的游记，但迟迟没敢动笔，怕写不好。当实在无从下笔时，便去翻看一些名家的游记，以求寻得灵感，谁知依旧没有找到灵感。反倒是翻看当时的照片，心绪一下子又回到了美丽的大草原，想起了出游的点点滴滴，觉得无论如何也要将行程记几行字出来，姑且算是日后有事待查的备忘录。

　　此次进入草原，是从张北县进入的。草原叫贡宝拉格，归锡林郭勒下属太仆寺旗管辖，是一个有名的大草原。草原风光一如别人描写的那样美丽，碧草如茵，一望无际，蓝色的天空作为一种映衬，上有白云悠悠，下有羊群点点。草原的美丽，是一种大美，需要大手笔去展现，可惜我文思穷乏，腹词又少，实在没有办法对草原做精彩的描绘。我们自驾开车，一路从上海驰来，视觉已经疲惫。但到了草原，感觉敏于常时。沥青的路面，平整光滑，朝前看，公路蜿蜒，好像一条玉带镶嵌在绿色的草原上，视野无穷无尽。看到风光好的地方，搞摄影的几位，马上停车在路边，取出长枪短炮，各选角度，对着美景"咔嚓咔嚓"地拍个不停。我不拍照，用眼睛扫描，一一饱览秀丽的景色。待差不多时，大家招呼一声便又钻进车里，司机脚踩油门，绝尘而去。自驾游的好处是可以有任意的率性，这种率性，当时就是拿皇帝位子给我们换，我们也不愿意。

　　同行的瑞庆兄，带了个苹果平板电脑，这一路上，引航导路的活儿全由他承包了。他做事既认真又仔细，一路飞车，一路做功课，不放过任何有价值的旅游景点。这不，他说前面有个叫九连淖的地方，是否下车去看看？并问我这个"淖"字怎么念，字意如何？同行六人，我貌似有点文化，其实也是半壶水，哪里懂得这许多呢，但正巧这个字有点眼熟，于是就卖弄了一番。"淖"是蒙古话，意思是比湖泊小，比池塘大的水洼地。春夏时节雨沛水丰，"淖"里就会积聚很多水，水多草亦丰。"淖"与"闹"一个读音，是一个极其冷僻的字。我之所以熟悉这个字，是因为以前读过汪曾祺的小说《大淖纪事》。二十多年前，读汪老这篇作品时，便对"淖"有了一探究竟的想法，只是内蒙古太过遥远，不便前往，今日前程有"淖"，岂可放过。可惜的是，车到九连淖时，此"淖"仅剩一湾浅水，周边的绿草亦不见特别丰茂，至此，《大淖纪事》给我"淖"的神秘已化为云烟。有些东西，包括人，还是不见为好，一旦天机识破，反而失望。

时近中午，我们一行到了宝昌镇，这是太仆寺旗的县城所在地。草原小城只有一条商业街，商店规模小，品种也单调。好像烟酒多一点，印象深的是羊皮包装的草原烈酒，还有个品牌叫"呼伦贝尔"的香烟。从烟的牌子上理解，这香烟好像是当地的产品，哪知这"呼伦贝尔"的烟是产自广州的一个品牌。有点滑稽。同行的汉忠兄还是买了一条，说分送给办公室里的同事，去草原一趟，也算从草原购回一点纪念品。已到吃午饭的时分，大家开始寻觅饭店。宝昌镇上虽也有几家饭店，大家都说好不容易来到草原，应该找一个蒙古包样子的饭店，把饿瘪的肚子交给蒙古族人来填充。于是开车离城，到草原上寻找。结果来到一个有蒙古包的村子，经民钢兄和移山兄联系，我们订了一个蒙古包，并点了满满一桌子的草原菜。菜肴不少，但不敢说对胃口。比如那条鲤鱼很大，肉质却太粗，再比如那碗血肠，赤红鲜艳，腥气味儿太浓厚，只有炖烧的牛肉，既新鲜又有韧劲，挟在筷子上，肉质纹路清晰可辨，入口味道亦鲜美。这顿饭只能说勉强混个半饱，算是体验过蒙古人的食谱了。下一顿饭，相信大家不会再这样吃了，善待自己的肠胃吧。饭吃得不理想，但坐在蒙古包里的感觉很好，蒙古包又叫"毡房"，下铺地毯，墙上挂一些蒙古人的招贴画，游牧气息特浓。设计上也很有讲究，其中之一是通风的设计。此时正逢晌午，天气十分闷热，我们想透气凉快一点，原以为蒙古包没窗户通风，不料撩拨开圆包下方眼网状孔眼，一时间风穿气流，人觉得凉爽极了。

下午三点多，车抵白音察干镇，这是察哈尔右翼后旗的所在地，马路纵横交错，饭店宾馆、大型超市，比比皆是，一看便知此地商业发达。而文化设施亦有大手笔，尤其是那个叫察哈尔的广场，宽广雄伟，很有气派。广场四周，有蒙古族军事、劳动、生活场景的雕塑，其中最引人注目的是一组成吉思汗的雕塑。他的两侧是身披铁青盔甲，手执钢矛快刀的八个骑兵，威风凛凛，雄视八方。大漠风情，溢于言表。白音察干镇与上午经过的宝昌镇相比，规模大多了，也富裕多了。两地经济发展落差较大，这是什么原因造成的？两县邻近，口音却迥然不同，太仆寺旗人说话像河北话，察哈尔旗人说话有山西味。莫非这两个地方依托的文化背景和与之相连的人脉关系不同才导致这两个地方的经济发展有不一样的结果？比如说晋人擅商的传统影响了察哈尔旗人，所以他们善于搞活经济，而具有燕赵悲歌色彩的冀人给了太仆寺旗人另一种气质，导致他们重义气重友情，闲时宁愿约三五好友喝酒聊天，也不愿或不屑把赚钱当一回事。我暗自想着。

结束察哈尔旗的游览，汽车调头向南，向山西大同方向开去。约莫行驶了个把小时，小车经过乌兰察布市。以前这个地方叫集宁市。三十年前，我还是一个毛头小伙子的时候，数次从北京坐火车去呼和浩特的途中经过此地。有次经过的时候是八月份，离开北京时还暑热难忍，哪知夜半车抵集宁，却已是寒风凛冽时。车窗外当班的铁路扳道工已经穿上厚厚的棉衣了，这种巨大的气候反差，让当时的我十分惊讶。后来读历史，尤其读翦伯赞的《内蒙访古》才知道，这地方不但是著名的冷风口，同时也是古代游牧民族进入中原的一块跳板。几千年来，农耕、游牧两种文明不时地在这儿演绎战争的风云大片。有趣的是，这儿既是你来我去，争杀抢夺的战场，和平时期又是"经济全球化"的贸易场所。若从长远看历史，和比战多。只要在和平时期，这儿每天有无数的牧民牵来良马、拿出毛皮与汉人交换他们急需的粮食、茶叶、盐巴、布匹等生活用品。从汉字地名叫集宁市来看，这儿的集市需求是大于战场冲突的。集宁市不单只是一个地名，它其实还是一种历史符号，只是不知现今为何用乌兰察布市的地名来替代集宁市的地名？很想叫开车的移山兄将车开到市区里转一转，但考虑到这仅仅是我个人感兴趣的事情，而别人不一定有意愿，再者时间也很紧，晚上还要赶到大同，因此语到唇边还是忍住了。悄悄地惜别乌兰察布市，实际上也离开了草原。

　　江南的风景固然美丽，但潮湿与逼仄的居所和三步一屋五步一村的乡野以及弱弱的小桥流水，总会销蚀我们一些气魄和野性。倘有机会到草原走走，视野与心胸一定会变得开阔起来。

2011 年 9 月 11 日

天马山

记不得有几年了，但记得那是个阴沉沉的下午，记得有道蜿蜒的围墙裹着蓊蓊郁郁的天马山。入山经过一道山门。山门兼售票、验票之功能，黛瓦盖在粉墙上面，角檐凌飞，徽派的味道很浓厚。同行的几个朋友兴致不高，看完斜塔，便匆匆下山。紧挨山脚有一个很旧的人口不多的小镇，叫天马山镇。上海的郊区是清一色的平原，河网密布，平畴万顷，而这个带有坡势起伏的小镇，给我留下置身于山区的感觉。以至于好多年过去，这个山区小镇一直在我的记忆里，一直想找机会独自探访。独游是因为地方太偏，缺乏流行的元素。好比一样没有特色的礼品，拿不出手，所以也没向朋友说起。前天晚报介绍了天马山的风景，并将那座斜塔的图片刊登出来，又勾起我的回忆。当下有了冲动，觉得非得到天马山游览一番不可。百度上搜寻线路。挑个闲适的日子，约上钱君，坐沪佘昆长途汽车上路了。

车上乘客稀稀拉拉，这些人中以松江人居多。车开不久，就出了城区，但很难看到郊野绿色的风光，两边的农田，要么荒芜了，要么建成厂房、商铺、饭店、旅舍。管理极差，道边地沿污物四溢，垃圾横飞。心中不禁感叹，我美丽的乡村，恐怕再也难以寻觅到了！这感喟其实并不精准，车子快驰近天马山时，农田的风景突然好看起来，清水菱塘，桑田稻秧，农舍碧树，星星点点一般出现。车窗里吹进来的空气，也满是清香芳甜的味道。离市区远了，美丽还在，原来美丽躲着城市。

天马山站下车的人只有我、钱君与一位老太，汽车撇下我们三人，扬尘而去。放目四望，左前方有座不算高的绿色山岗，山间模模糊糊耸立一座塔。那应是天马山。汽车站怎么会设在离天马山这么远的地

方？与老太搭讪，请教这个问题，她说天马山乘客少，汽车不进镇，
匝路口就改方向了。老太约七十岁，一开口竟是地道的市区口音。我
说她是不是本地人？她告诉我：她与老爱人原在安徽屯溪的三线厂工
作，退休返沪，市区的房屋给儿子结婚用，八年前她和老爱人花了几
万元，在天马山镇买了一幢老工房养老。路上和她闲聊，问她的情况，
她毫不扭捏，很健谈。她得知我们来意，十分客气，说同路可带我们
走一段。马路空荡无人，只有我们三人。人也许孤单了，才会显得亲密，
倘若在市区的人海里，她不会说，我们也不会问。她一直送我们至天
马山的山门前，并嘱我们返回时走另一条路，那儿离汽车站近。

　　走近天马山，觉得山也挺高的。山体脊线近东西向，形状宛如一
匹欲飞的马。但一头扎进山里，无论如何也产生不出骑在马背上的感
觉。缓步登阶，向上攀行，一路可见石崖突兀、巉岩陡坡，最惹人喜
爱的是各种枝繁叶茂的野树，多且巍峨高大，浓密的枝梢无序地交叉，
将天空也遮掩得密实，人行其下，很凉爽，也很有野意。但山终究算
不上高，不一会儿便攀至山顶了。山顶是平地，建有庙宇，三五个楼
台殿阁，庙门紧闭。寺后有一座斜塔，那就是"护珠塔"。塔建于北
宋年间，已逾千年，这在上海，乃至其他地方，也极稀罕。塔高二十
余米，七级八面，屹立山间，奇峻挺秀。只可惜塔基的青砖被人偷挖
去三分之一，塔已呈斜立状，比意大利比萨斜塔倾斜得还厉害。近塔
仰视，欲倒之势，令人胆寒。在我印象中，上海的龙华塔最为显贵，
其实那塔也只有千年的历史，"护珠塔"斜身而立，千年不倒，其实
很了不起，可是在上海人的记忆中，它却只占了一个小小的角落。我
颇为这座斜塔鸣不平，可惜我非有影响力的人物，即便声嘶嘶力竭地吹
捧一番，也不能够为"护珠塔"赢得几分荣耀。寺边有石凳石桌，我
和钱君将带来的矿泉水搁置在上面。寺中没有僧人，更没香客，游客
也只有我俩，心中忽地涌上阿Q精神，觉得"寺是我的，塔是我的，
山是我的"。呷了一口矿泉水，还好凉水不是酒，头脑又清醒了，为
自己刚才的想法好笑。

　　护珠塔倾斜方向，有一棵树龄七百多年的银杏树。据说是这棵树

支撑着斜塔经年不倒。其实树与塔身相距有二十余米，支撑之说显然只是人们的一种愿望而已。然千年宝塔和七百年的树紧挨在一起，倒也相映相衬。树身上钉有好多铁钉，致使有些枝干枯萎，大煞风景。我抚摸树身，欲尝试取下一枚生锈的钉子，但做不到，太牢固了。过了一会儿，有对中年夫妻来到树旁，不料他俩竟从包里取出榔头，将一根铁钉往树身里钉。我问彼答，说在树干钉上一根铁钉，就会生一个大胖儿子。走过一些地方，好像听说过这种往树身钉铁钉就能顺利如愿养儿子的说法。但上海毕竟是经济发达地区，而人的教化不能与社会发展一同进步，不能不说有点遗憾。

天马山北高峰和南坡分别还有濯月泉和舞剑台两个景点。舞剑台与南宋一位叫周文达的将军有关，周文达时任招抚使，是位中央委派来的官员，他曾到天马山一游。名不见经传的天马山自他来了以后有了一点儿的名声，而将山上一处景点与这样一位人物挂上钩来宣传不失为聪明的方法。濯月泉似乎是凭自身实力来向世人展示的。据说茶圣陆羽曾在此研究适于沏茶的茶水，因泉水甘洌，适宜饮茶酿酒，故将濯月泉排在镇江的"中冷泉"、无锡的"惠山泉"、苏州的"剑池"之后，为天下第四泉。这事在明人何三畏写的《第四泉眼记》中有记载。茶圣陆羽是大有来历的人物，他老人家在此品茗饮茶，让游人，至少让我一点儿也不敢小觑天马山，只可惜寻遍整个北高峰，硬是没找到泉眼。

抬腕看表，下午一点多了，我和钱君起身下山。计划到小镇上逛逛，再找个饭馆，填充一下那早已饿瘪的肚子。到了天马山镇里，细细地打量镇貌。镇不但小而且破败，只有一条街，两边的房屋，被岁月的风烟熏染得好像一个枯瘦干瘪的老人，皱痕累累，衰弱不堪。一路行走，不消五分钟，便将这条街逛穿了。街底横贯着一条河，河面上飘移着一丛丛绿色的浮萍，河水里泛着翠青色，还不时随风散发出些许的芳草香气，确比呆板破败的老街好看多了。不过奇怪的是，这条街上竟然找不到一家像样的饭馆，最后只好在一家兰州拉面馆里落座。

老板身板厚实，一脸络腮胡子浓密且灰长，老板娘头裹黑面纱，低调地隐伏在饭馆的一角。看得出饭馆新开不久，桌椅崭新。回族人爱干净，窗明几净，桌面更是擦得亮光光的。菜谱有牛羊肉、大盘鸡、醋熘土豆丝、番茄炒蛋等。我和钱君想吃点素的，点了醋熘土豆丝和番茄炒蛋，觉得太素了点，又加了一盘煮熟的牛肉。吩咐炒土豆丝时放花椒和辣椒。我喜欢麻辣辣的味儿。不一会儿热气腾腾的菜端上来了，我和钱君便开始大吃起来……

返城时夕阳已西下，彤彤落日熔金般炫丽，映照着蓊蓊郁郁的天马山、斜斜的青色的"护珠塔"以及山脚下虽旧却很亲切的小镇，很美丽。

2012年6月11日

严子陵钓台

自幼喜欢文史，"桐庐""富春江""严子陵钓台"……这些谜一般、诗一样的字眼早就铭刻在了脑海里。虽走遍大半个中国，杭州也曾多次踏访，但独独没去过"严子陵钓台"，朋友会说遗憾，我说不会，我向来存有一个想法，藏几处风景放在江浙，待岁老年迈时轻轻松松地去走动走动。不料这一平静被友人打碎，他们结伴去了"严子陵钓台"，回来后又是写游记，又是冲洗照片，看得我心荡神驰，心生欲往一游的打算。然俗务缠绕，又焉能一走游之呢？

下班回家，查有关"严子陵钓台"的掌故，发觉多有趣事，不知不觉中掉入书袋神游一番，"欲往一游"反而淡然。有一则故事这样记载：

严子陵不愿为官，隐匿山林，光武帝刘秀好不容易找到了他，将他请到都城洛阳。是夜，光武帝与他纵酒畅叙，倦极，同床而眠。严子陵酒醉酣睡时，一翻身竟将一足搁在刘秀的肚皮上。好个刘秀，也不去推醒他，直到天亮起床。早朝，有太史入奏，言夜观星象，有客星侵犯帝座。刘秀莞尔一笑，道："朕与故人子陵共卧，难道便上感天象吗？"故事很可能是后世文人瞎编的，刘秀不太可能与严子陵同榻而眠，但刘秀作为东汉的开国之君，其气度、其胸襟、其爱才是被人颂扬千古的。严子陵的故事，如无光武帝刘秀，是没法流传这么深广的，究竟是先有鸡后有蛋，难以说清，也不想说清。

还有一则逸事也蛮有趣，郭沫若为此还题了诗。

"严子陵钓台"高高悬在山腰上，离江面恐有百米之长。严老先生乃一文弱书生，他如何手持巨型钓竿，挥动近千米的钓丝？到此游览之人，无不心存疑惑。历代一直有人说严子陵在此钓鱼是假的，严子陵不可能在此垂钓。二十世纪六十年代，郭沫若在游览严子陵钓台后，赋诗一首：

> 百寻磴道辟蒿莱，一对奇峰屹水涯。
> 西传皋羽伤心处，东是严光垂钓台。
> 岭上投竿殊费解，中天堕泪可安排。
> 由来胜迹流传久，半是存真半是猜。

郭沫若不愧为大诗人，只这么随手涂抹，一首好诗横空出世，道尽游客心中所想所愿。是的，山岭如此高峻，寻常之人投竿钓鱼，这是难以想象的。可为什么要弄得这么清楚呢？宁信其有，不信其无，再则经过将近两千年光阴的过滤，其间地理又有多少变化啊！谁又能说得清楚？人们之所以情愿相信这儿是严子陵的钓台，还有一个原因是在人们的心目中，严子陵已经不单单是一个隐士了，他几乎已是位楷模一样的人物了。中国古代向来多隐士，有"隐士文化"一说，严子陵无疑是"隐士文化"的最杰出代表。古时文人辞官入隐，有的真隐，有的假隐，假隐的以隐邀名，想引起皇室注意，请他出来做大官，人们对此类假隐文人不屑一顾。严子陵贵为皇帝同窗，不愿为官是发自内心的，是货真价实的真隐。人们敬仰他的为人，也为他的事迹感动。

"严子陵钓台"离上海只有咫尺之遥，开车上高速不一会儿便能到达，暇时有兴，真该去凭吊一番才对。

2009 年 7 月 12 日

嘉定虎踪遗迹

　　二〇〇二年五月的一天，我在上海金沙江路的三味书店购得王春瑜先生的《明清史散论》一书，里面有篇"明清江南虎踪"的文章引起我的好奇心。文章说四五百年前，上海苏州常熟一带有野生老虎出没，并伤及百姓。其中说到崇祯四年（1631），上海嘉定外冈"有黑虎藏匿金氏宅后竹园中，乡民挺利刃刺之，被伤者三四人。数日后，大雾中往西南而去"。上海金山也有虎。清顺治十五年（1658），"有白虎一只，闯进县城内，负一老妪去"。这些描述让我有些惊讶，也产生了一些疑问。惊讶的是仅几百年以前上海一带还有野生虎存在。老虎是食肉动物，老虎的生存依赖于有很多野生动物供它猎取，可见那时的上海自然生态还是很原始的。疑点是《中国通史》说明清时江南人口稠密，商品经济和资本主义处于萌芽状态，经济繁荣的事应该没有什么可说的，人口稠密看来要打点折扣，那时候的村庄很可能寥寥可数，绝不会像现在三里一村五里一庄的，否则的话，野生的老虎怎么藏身躲闪？老虎赖以猎食的野鹿野羊之类的食草动物又怎么生存呢？看来通史描述的当时人口稠密的状况有夸大其词之嫌。不过自打这以后，明清时江南有野生虎、上海有野生虎的概念一直在我的印象里。

　　上月去嘉定博物馆拜会征伟兄，蒙他惠赠嘉定博物馆的馆刊《嫏城文博》（二〇一八年第一辑）一册，拜读后，对陶喻之先生写的"嘉定伏虎庙史迹再议"文章产生浓厚的兴趣，因为触及了十八年前读"明清江南虎踪"一文的记忆，遂从书架上找出王春瑜先生的《明清史散论》重读。一样讲江南有野生虎，和王文不同的地方是，陶文在时间上上溯至宋元时代，更让我感兴趣的是，陶文提及了嘉定的伏虎庙及伏虎村。有伏虎庙,说明当时猛虎肆虐,行人常受其害,有的甚至命丧虎口,因而为民除害的地方官员和社会贤达要立庙以示震慑豺狼虎豹。而伏虎村的命名,一定与当年有人在此曾设伏或偶然遭遇窜入的猛虎并将它射杀的事有关。不管怎么说,一村一庙以实物佐证了上海曾经有野生虎出没的事实。我向来有探幽访古的嗜好,遂决定前往一游。我把我的想法告诉了原籍在嘉定的植多兄,一样有这种嗜好的他异常兴奋,说:"我们哪天约个时间一起探访。"

高德地图查清伏虎庙和伏虎村的位置。某天的下午与植多兄出发了。我们开车去的。首站前往伏虎村。是日春阳熙熙,油菜花灿亮一片,驱车在乡间公路上绝对是一种享受。伏虎村好找,它是一个自然村。村委会门口有块水泥构筑的大招牌,"伏虎村"三个大字赫然在目。站在伏虎村三个大字下,很容易让人联想到六七百年前的某月某天:那天,一只祸害村民多日的猛虎终于被人伏击致死。村民为刃刺这只大虫,究竟付出多少惨痛的代价,我们今天已经无从知晓,但是可以想象得出来,当时仅凭砍刀弓箭这样的冷兵器,打死一只凶猛的老虎绝非易事。闻讯后,村民们欣喜若狂,欢呼雀跃,又敲锣又打鼓,有人唱起歌,有人还跳起了舞蹈。我想那种场面一定是非常热闹的。不一会儿当地的父母官坐轿子来了,衙门里的捕快来了,地方上有名望的贤达之士来了,就连妓院里的最最当红的头牌也来了,她说她要为打死老虎的男人们弹一曲琵琶曲(美貌的女人通常是崇拜英雄的)。庆祝之后按惯例是表彰,众人一致议定把离这儿最近的村庄重新命名为伏虎村。几百年过去,朝代换了一代又一代,但伏虎村作为村名一直未有改动。是人们崇尚打虎的英雄,也是人们不愿忘记这一段历史,当然也是伏虎村三个字很霸气,住在村里的人觉得脸上有光,谁也不想改动。

虽只是村名而已,但伏虎二字让人觉得有种浩然之气,一种能辟邪镇恶的正气。在村委会门口摄影留念时,特意嘱咐植多兄一定要把伏虎二字摄入我身边的图片里。

伏虎庙不太好找。原因是它早在二十年前从原址搬迁了。搬到哪儿了呢？陶文说搬了到浏河北岸浏河岛风景区上海市少年儿童活动基地内。几年之前我在参观全国新农村示范村毛桥村后，曾去浏河岛风景区游览过，整个风景区占地一千多亩，像个大花园，岛上有许多建筑，陌生的游客如果要找一处不太显眼的建筑是非常不容易的。从伏虎村到浏河岛风景区有七八千米的行程。我们七弯八拐，终于找到了浏河岛风景区，但景区的大铁门此时却紧紧地关闭着，告示上写着停止营业几个字，落款日期是几个月前的事了。这让从很远地方赶来的我们十分失望。连大门都不让进，就别再说到里面去寻觅伏虎庙了。看大门的是位老者，门卫室里有点乱糟糟的，猜想这儿一天里难得有人上门询问，看门人无事可做，索性盖着一件长大衣，躺在竹椅上闭目养神。我与植多兄心有不甘，与老者搭讪，希望他能放我们进门看看，一问一答，由于老者当地口音很重，我们听不懂他是同意还是不同意，但看他的手势，好像是并不反对我们入内，我们乘隙推开半锁的小门进去。看门人带有告诫意味地向我们啰唆了几句，意思是说勿要在里面多待，兜兜就可以出来了。说完他再也不管我们了，任我们自由飞翔。

景区里树木茂盛，寂无一人，除鸟儿叽叽喳喳地鸣叫以外，没有其他声音。鸟粪点点滴滴零散落在地上。看得出来，这儿确实是很长时间没有游客光顾了。左看右顾，没有头绪，不知先往哪个方向去找。正踌躇，远处有一男子骑着助动车飞身而来，我们叫住他，打听伏虎庙的位置。他听了我们一番言谈，哈哈大笑，说幸亏遇见他，否则我们越往里走，离伏虎庙越远。原来伏虎庙所在的上海市少年儿童活动基地不在我们进的这扇大门里，而是在马路对面的一个独立的大院里。他说："少年儿童活动基地不事先联系落实的话，它对外是不开放的，伏虎庙紧挨门卫室，你们私下里和门卫商量一下，让他放你们进去看看。""高人指点"让我们欣喜万分，遵他所言，我们果然一点儿也没费劲就如愿以偿了。

伏虎庙建筑约为一百平方米，建筑样式为硬山式，青瓦平脊，重檐戗角，福寿瓦当。木门木窗油漆得铮亮。考虑到我们是与门卫协商非正式进来参观的，所以看见伏虎庙庙门紧闭，也不好意思再次央求门卫去取钥匙开门让我们入内瞻仰，而那个好心的门卫也怕上头责怪，紧跟着我们，唯恐我们脱离了视线。算是彼此"关照"吧，我们在庙门前匆匆拍了几张照片，然后很不情愿地"落荒而去"。不过总算看到了伏虎庙，心愿有了着落。这也是我生平第一次瞻仰以"伏虎"二字命名的庙宇，觉得有点意思。而非常有意义的地方是：十八年前王春瑜先生的《明清史散论》给了我嘉定有虎的印象，十八年后陶喻之先生的文章使得我有兴趣前往嘉定寻访伏虎村和伏虎庙，读行结合，了却了心头一桩事情。

2019年4月3日

第四辑

博友往来

《今生相遇自己》自序

本来讲好去年出版的，迟了很久，现终于将出版的事敲定了。

迟有很多原因。常言道，老婆人家的好，文章自己的好，但当整理以往写的文字时，才发觉到我这儿文章也是人家的好。于是决定将结集出版的时间往后拖拖。拖，实际上是希冀争取一点时间来，看能否再写几篇略微好一点的文字，以除去几篇为充数而收入其中的。这是一。二呢，屈指算算，混到这人世间快满一个甲子了，国人有庆生祝寿的习惯，我虽说向来不喜欢这一套，但觉得在六十岁将满之际，把自己的拙文归拢结集也是有点纪念意义的。有了这么两点冠冕堂皇的理由，就无声无息地收回了自己原先公布的计划，这在别人看来有点说话不算数，但在我这里，竟还是有点成效的。在拖来的这一年多里，我陆续写了《暮秋走访老浦口》《不尽梦游大别山》《喝酒》《阊门横街》《四月最残忍》《石榴》《一本书的回忆》《临涣散记》《桐庐纪游》《喝茶》等文。相比较以前写的，自认为写得好些了。

年轻时喜欢文学，立志做一个文人，也尝试写过小说、诗歌类的文字，后来为稻粱谋，混迹于职场。辍笔虽有几十年，但一颗系在文学绳子上的心却一直跃动着。首先阅读，除硬着头皮不得已读一些业务类的书外，真心喜欢读的还是文史哲类的，办公室的桌边，抑或出差在外，携在手边的一本书总是这类。其次关注文坛，先秦哲人、唐宋诗词、明清小说不说，民国的鲁迅、郁达夫、梁实秋、徐志摩也勿言，就从新时期算起，每有新人涌出，总会寻来他那篇叫得响的诗文拜读一番，似卢新华、路遥、莫言、贾平凹到北岛、舒婷、海子，再到张中行、余秋雨等耳熟能详的人，书架放着他们的著作。

在单位里做过笔杆小吏，后来也管过办公室里的秀才们，过滤文字一直是日常办公的功课之一，但文学的文字却从来不曾再去碰它一下了。接触的只是那些永远写不完的总结、经验、报告之类的文字。这对我而言，实际上于文学是很有些陌生了。直到后来因为开了博客，才重拾起秃笔涂涂抹抹，发些散文随笔类的小文字在网上。谁知这一写居然不可收手，积有二百多篇。于是选其中的部分，稍加整理，取名《今生相遇自己》出版。

现在散文作法之多，令人眼花缭乱。我的态度基本上一是了解，二是不轻易为所动。这想法基于世道浮躁，人都想标新立异，别被别人蒙了。另外，我觉得散文是个人气质和经历的体现，真情才是散文的生命线。一篇散文若不用真心去写，文字再华丽，气势再大，也只是虚饰的墙纸，假以时日终会剥落的。我老来已无所求，别人怎么做的，我无力也无能去规劝，但自己每每撰写文字时，心思只有一个，便是怎样最好地去用文字来构筑和展示内心。收录本册小书中的文字，不论是写春天的纤纤细雨，还是写夏天的雷鸣电闪，或是一件T恤衫、一棵石榴树、一次小小的伤感、一点浅浅的回忆，再或是名山大川、远村近郭的勾勒，遥远历史故事的追问，均是本人独对内心，借景借事借天借地的喟叹，可以说是率意随心，发乎自然。

文章千古事。作为第一本个人文集，找个名人作序，似可为自己挣回几分颜面，这好像也是时下比较流行的做法。朋友也答应帮忙为我请某个名人作序，但在后来，我谢绝了朋友的好意。之所以这样做，是出于这么几点。其一，我的文字太过浅陋，实在是说不出什么好的地方来，请来名人吹嘘一下，结果我没被吹上去，还有可能会污损了对方。其二，自己已近耳顺之年，对什么好与不好，名利之类已经看得淡了，觉得实没必要再用贴金的方式来粉饰一下了。其三，若从了解自己的角度说，别人不一定比得上自己，与其这样，不如自说自话，简单地说说这本小书缘何结集与出版，给朋友们一个交代就是了。

在得知我有结集出版的打算时，文友们给了我很多鼓励和帮助，他们或以自己出书的经历为我出谋划策，或辛苦撰写析评与感想，我儿时的几位同窗好友更是一再关注，给予大力支持，在此容我不一一列出他们的大名,将情谊和谢意藏在心里。今生相遇自己,是没法的事,自己尽量跟着自己的心行走;今生遇见朋友,是幸运的事,能融则融,我分外珍惜和感激。

2013年11月18日

寄书

《今生相遇自己》出版后，我紧跟在后面忙了好一阵子。问我忙啥，答曰忙送书。上海的朋友，打个电话，大家聚在一起吃个饭，借此将书送出去了。朋友有几个圈，类似这样进行了几次。而外省市的朋友，只有通过邮局，或者快递公司解决。寄本书，邮局比快递便宜十二元，寄七十本，少花八百多元。显然邮局划算。为了节省一些钱，我没有找快递，而是自己披挂上阵找邮局。

邮局离家有六七百米的样子。徒手走路没啥，手上要是拎着沉如铁块的书籍，就觉得特别累。那天邮寄二十多本书，天气闷热，刚下了楼道，汗就冒出来了，衣裳也有点湿。开车省气力，就开车去，哪知开车也惹出麻烦来。寄完了书出来，嗨！停在邮局门口的小车被警察贴了违章停车单，罚款二百元，十五天内到交警支队办理。晕倒。但最终没倒下来，因为坚持从邮局寄完，还有六百多元可省下来。不过以后学乖了。走着去，权当散步。今天寄三本，明天寄五本，化整为零。三天两头跑邮局，邮局里的人也认识我了，只要进了门，邮局里的人也不吱声，马上从货架上取出包装袋和粘贴卷纸递给我。我则根据规定填单、包装，然后再逐一仔细核对。核对很重要，一不能写错地址，写错了就收不到；二不能张冠李戴，书是一样的，扉页上题写的内容和朋友姓名不一样，寄错了要闹出笑话的。

前后十来天，终于完成了寄书任务。寄完书最大的乐趣是收到朋友的短信或博客上的纸条。他们通常会讲："围庭老师（熟悉的直呼我为老弟或兄长），书收到了，谢谢你，我会拜读的。"只要说收到书，我都会高兴一阵子的。当然也有不高兴的时候，就是书寄出好久，朋友还是没收到。到邮局查询，邮局里的人今天推明天，明天又说后天，始终没有给我一个准信儿。而我又不便指责邮局里这些已经熟识的，而他们中也极有可能会在以后的日子里成为我朋友的人，因为事情不是他们没做好，问题出在那些收书的外地邮局。

我的书并不是全都是送的，也有朋友是买的。这个六十本，那个三十本，好几个朋友都是这样从我这儿买了后送人，他们故意在为我减少库存。这的确帮了我的忙。对于朋友的帮忙，最欣喜的莫过于内人，倒不是她觉得我的书终于卖出去了，她实在是为家里可以腾空放书的地方而高兴。我却难以做到真正的高兴，觉得还是自己没本事，书要是写得好，或者策划好了，也就无须朋友自个掏钱来帮忙减少库存了。

书或送或卖，终于到了别人手里。从反馈的情况看，有些朋友是因为喜欢而读，有些朋友是想借此检查我的文字是否有进步而读，有些朋友是想透过文字内容琢磨我这个人如何而读。一致的是，他们的确是读了。当然也有根本不读的，收到后随手翻翻，然后扔在一边。让我感动的是有些朋友不但读了，而且还写很长的读后感贴在博客和新散文论坛上，这样的朋友有十多位，恕我不一一列出。但还是想说说两位年长足可作我长辈的老先生。一位是宿州的瑞君兄，他七十有余，退休前担任宿州市的政协领导，他本人也是散文作家；还有一位上海的杨老先生，他年近九十，做过老师，退休前是建筑工程师。他们俩戴上老花镜，亲笔写信给我，把他们读书后的感受告诉我。听着这些掏心掏肺的话，我感动得险些流下泪来。写作是寂寞者的歌唱，当寂寞如聋耳一样也听见了回响，那情景是令人振奋的。

忙碌与感动之后，也有静下心来的时候。重翻自己的书，觉得丑死了，有好些文章竟不忍再去读，自己不停地问自己，当时怎么会这样写呢？另外，委托书局校对的，他们也其实是"淘糨糊"，做得极差。我把这事与太仓的朋友阿秉先生说，他回复道："啊呀！我出过四本书，你遇上的问题我每次都碰到，翻翻以前写的东西，我恨不能马上抽自己两记耳刮子。"他这一说，我在精神上似乎得到了某种慰藉，原来都有这么一个过程。可是再一细想，毛病还是出在自己这儿，一是头回出书没经验，轻易地相信了别人；二是自己偷懒马虎。以后再出书，一定要吸取教训。如若能够避免再犯同样的错误，那么，这次犯错也许是一种收获。

2014年4月20日

福州路上淘书

昨天，突然有种无所事事的感觉，想放下一切，到外走走。这话好像说得逻辑不通，既然没事可干，那就谈不上放下一切。不过当时就是这么想的。到哪儿去呢？最后决定到福州路书店去。

每当心烦意乱时，我总会想到弥漫着书香味的福州路（这是年轻时候养成的习惯），只要一闻到浓郁的墨香味，我的神经便松弛了，我的脾脏血液不再淤滞了，我的心绪也开始沉静下来。还有一个因素是在福州路的书店里看很多书无须花钱，不过现在书店里好多书不让看了，店家用塑料薄膜封死，因为是透明的，只让你看塑料薄膜底下的书名和著作人的姓名。店家也许有店家的理由：读者只看不买，样书白白被消耗，店家赔不起。可是对读者而言，新书不翻翻读上几页，又怎么能够了解书写得好坏呢？有些读者愤慨不过，悄悄撕开塑料薄膜。我虽不屑做这种事，但打开别人撕开的书翻读几页也是顺理成章的事。此外，书店虽然名为敞架售书，却没有一块可坐之地容你歇一歇脚，每回看书都是依靠两条细腿苦苦地支撑着沉重的身体与头颅，几个时辰下来，人累得要命，乘车回家，不在公交车上找个座位，怕是连站的力气也没有了。不过书店里也有舒坦的桌子椅子，但那得付三十二元买一杯咖啡，才可以以品咖啡的名义舒舒服服地坐在那儿阅读。据说这个法儿是从台湾学来的，但是台北的那家书店设有凳子供人免费歇脚，花钱买咖啡是自愿选择。再以收入和付出相比，花三十二元买一杯速溶咖啡，以此来换一个座位歇歇脚显然也太过昂贵（三十二元有时可以买一本不错的书呢）。我觉得学人家也得学习人家的长处，比如在购书环境，在为读者服务的诸多方面下功夫，而不能把在书店里摆放几张桌椅，让读者花钱买座这种行为，说成是购书环境的营造。一包好点的速溶咖啡进价三元不到，卖三十二元明显有宰人的嫌疑。书店宰读书人，犹如贪官利用官位鱼肉百姓，这是最让人难以接受的。叫人哭笑不得的是，这家书店居然在广告上介绍说：为读者服务，内设"书屋咖啡"。

我喜欢买打折的书，上海书城里没有折扣，大众书局也没有。我不是买不起全价书，只是觉得现在的书价里的水分太多，本不该这么高的成本被书商虚报了。有了这想法，买折扣书就成了我优先的选择。福州路上的书店虽然很多，但折扣让利给读者的书店并不多，规模大、书类齐全的折扣书店更少。不过福州路全长一千米多，只要肯走路，总能找到品种多、折扣也多的书店。我从福州路的东头，一直走到西头，快到西藏路时，才看到一家叫"淘书公社"的折扣书店。书店规模很大，层层叠叠的书架上罗列的书籍好像辽阔的海洋，知识的浪花不停地在上下翻滚着。入店走走，翻翻这册，看看那本，心里十分愉悦。平心而论，折扣店里的书良莠不齐，要买的话，得耐心地做排除法，而在砾石里找出金子来，则又是很有成就感的事。我一般先浏览简介，再仔细看序言，遇上特别有感觉的好文，先读上几页再说，如果满意，就往购物车上放。就这样不知不觉地过去了半天的时间，看看车上，摞起的各种书籍堆成了小山，数数有祝勇的《他乡笔记》、董桥的《墨影呈祥》、史铁生的《史铁生精选集》、朱千华的《我的江湖美食生涯》、乔海燕的《随记光阴》、孙方友的《小镇人物1：名伶》、周成林的《考工记》等。

容我对我购物车上的书籍做一番小小的介绍，以及购买的理由。

祝勇散文近年来频频上刊，势头正劲。他的自序写得颇为诚恳，有些感人。他的游记头一回见，想领略一下风采。董桥是名家，只读他几行字，就觉文字香艳别致，拿在手上就不想再放下来了。史铁生散文鼓励了无数人，以前在刊物零星读过他的文字，这次想集中读几文。《我的江湖美食生涯》是一本写吃物的书，这几年此类题材的文字颇受欢迎，我不能免俗，当然也有口腹之念。乔海燕这本书写他插队落户时的事，虽是一个人在回忆，却浓缩了千百万知青的生死悲欢。

我愿意再次重温那个年代的故事。《小镇人物1：名伶》的作者孙方友很陌生，但我站在书架边上读他写的《酒仙》，顿被他短而生动的文风打动。出版商介绍说："在中国，不提笔记体小说则罢，如果提，则必提孙方友。"说到这个份上，此人"武功"肯定不弱。周成林在腾讯网被列为大家，他的散文集《考工记》中首篇《乱云》是今天站着读完的，刚一读完，立马被他冷中有暖的文字所吸引。"他笔下的家庭成员，关系紧张甚至残酷，故事的黑暗与粗砾程度，远超我的想象"。这本书一读就放不下。有人说他与文坛格格不入，我觉得确实是这样的。他像一位独行侠，天亮之前操刀潜行，等你瞧见他时，眼前只有一溜尘烟了。

我对书的评价是既要有趣，也要有点意思，如二者不能占全，有其中一项也算好书。我不敢说上面的书好到什么程度，但占两项标准之一的不在少数，其中两项都占的也有。这一本本好书置身于折扣店里有点委屈，但并不表明它们是真的掉价。读一本好书，好像是在会见一位好朋友，好书不易找，好朋友也不容易碰见。碰上了，无论是书还是朋友，都觉得是缘分，要百般珍惜。有时想，到书店逛荡，与其说是觅本好书，还不如说是希望去拜见一位心仪已久的知己。

再来说说周成林的书。从"淘书公社"出来，一路等车和坐车，只要方便，便取出《考工记》阅读，到家吃饭时又拿出来读，夜寝之前，拧亮床头灯复又读，直至夜半，我读完了这本书。似这般如饥似渴地不间断地读一本书，只有在我年轻时才会有，这样形容，不是说我又回到了年轻时代，而是这本书实在太棒了。写这本书的人，就好像已经认识了多少年似的。

2017 年 11 月 19 日

壮岁依旧梦天涯

　　林阳将他近年来的散文随笔编纂成册，取名《天高任鸟飞》。林阳的散文，我并不陌生。我书架上有他以前出版的散文集，他博客上每有新作上传，我也前往拜读。

　　交往一些时间，不敢说对林阳有多么深的了解，但他大约是一个怎样的人，我心中还是有数的。这并不是说我善于与人打交道，而是因为林阳为人十分坦率，他几乎不会在与人交流中有什么刻意的掩饰，他有的只是礼貌或为别人想些什么。林阳大学毕业后便走上仕途，有时我会想，这么一个心机不重的人，在仕途上是如何披荆斩棘的。你知道，这些个问题是无法与人探讨的，你只能自个去想。想了些时日，当然更多的是通过读他写的文字去想，我似乎明白了一点儿，那就是他出道时的那个年代好，还有就是他个人的不懈努力。

　　林阳生在农村、长在农村，虽说父亲当过多年的公社书记，但他终究是一个农民的儿子。这样一个家庭，对他的影响是正面的。二十世纪七十年代，他进入地委机关工作，那时各级领导大多都比较正派，一心为公。耳濡目染，他受益良多。这些外因对他的成长起着重要作用，但仅有这些是不够的，关键是他本人的努力。读他一些回忆性的文字，我们可以循着他的心声，目睹他做秘书时是如何遵守纪律，他做了将近十年常委会议纪录，从未泄露过任何机密；下乡调研时，他与同伴是如何坚持不扰民的清规，并积极帮助地方解决实际问题；为官一任时，他是如何勤恳务实，既替上面分忧，也为下面着想。他曾在当地多个部门担任主要领导，这说明他所付出的努力都有了回报。对于不乏辉煌的过去，林阳好像并不以为然，与他交谈和看他的文字，给人感觉平淡而本真既是他的过去，也是他的现在。我曾在博客上目睹过他近来骑电动车的图片，他给小朋友的印象活脱脱就是一位邻家大伯。

退休以后，林阳主要爱好是读书与写作。林阳是较真的，简直把这当成一项主要工作，他给自己定下每月写四篇散文的指标。到这个年龄段还能每周写一篇文章，并且坚持数年不止，从中可以看出他做事认真的态度。这是需要一直能保持状态的，也是需要有一点精神的，而且还得要有点韧劲。林阳的文章是最没花架子的那种。独特的韵味，深刻的寓意，真切的感受，他的文章表达就是漫谈和叙说，即便有记事，他大多也只是将那最基本的轮廓交代给读者，留出空白让人去思考。他有时将诗意融于抒情之中，有时也穷极物理，直言直说，尖锐而不失褊狭，尺寸拿捏有度。这一切看似有点随心所欲，不依章法，其实这才是文字的老道之处。有次我和他戏言这是"春秋笔法"，他说他欣赏、喜欢这种为文的境界。林阳散文的语言也颇有特色，其中最主要的是简洁不失丰富，精准而有意蕴。这一切不是单纯致力于字句的推敲就能做到的，而是服务于内心情思及题旨的表达，熨帖、节制、质朴，毫无矫揉妆束之态。这和他追求的写法是一致的。

"永恒的和没有永恒"的文学是我们耕耘的家园。期望与林阳一道，在这园子里播种与收获。

2015 年 10 月 24 日

秦超其人其文

几年前在网上认识了秦超，尽管没见面，可我们谈得来，成了好朋友。好朋友其实就是指谈得来，彼此欣赏的人。今年他的散文集《航行的阁楼》出版了，他寄我一本，在扉页上写了"请围庭兄指正"一行字。打开这本弥漫着浓郁的墨香味的书，我很高兴，但指正万万不敢，这绝非是谦辞。他写小说，也写散文，这本书是他近二十年写作成果的一次集中检阅，他的文学创作是有高度的。指正一说，绝不是我这样一个散文票友所能承担得了的。然而，作为朋友，在读了他的作品后，还是想谈一点感想。

曾与秦超通过电话，然而从未问起他的家世出身。当手上拿着他的书一行行扫描时，我就不客气了，我想从字里行间抠出秦超的一些情况。这并非是我有什么窥私的癖好，实是长久以来我有这样的观念，认为散文是作者生活经历的记录，也是作者的气质体现，读散文就是要读作者的情怀，并通过一篇篇文字来走进作者的内心。对秦超的作品，我当然也是这样做的，而且也应该这样做。

秦超是在皖南农村长大的，他的父母属于乡儒一类的人，父亲好像还当过农村九年制学校的校长。大约是父母专心于教学，无暇照顾他，他从小便被寄养在外婆家。外婆家在晏公殿，那是一个隐遁在起伏的丘陵里的村落。他带着一身田野气考入省公路专科学校。毕业后分配在离县城十几千米外的公路道班工作。工作是个好听的词，可他是当工人的，一个被农民羡慕而城里人嫌苦的公路养护工。平心而论，手捧着这个饭碗，在二十世纪末还不算顶差的。一些安于现状的人，就是在这个岗位上一直干到退休的。然而对隐隐怀着梦想的秦超而言，他是心有不甘的。我臆测他在去公路道班报到时或许带有几分羞涩、几分欣喜和几分迷惑。羞涩是不好意思，走第一步路总不免腼腆；欣喜是自己从此独立了，自食其力是一个男人起码的尊严；迷惑是这儿还不能够成为他驰骋的疆场，令他胆壮气豪地叱咤一番，他更怕这儿会成为他永久的归宿。这多少让我想起沈从文当年怀揣母亲给的几块大洋到湘军服役的事。也许这不是一个恰当的比喻，但毋庸置疑，秦超出道那年，和许多刚踏上社会的年轻人一样，血气方刚且又混沌未开。沈从文当年也是这样。

在这种背景下，秦超开始了他的人生之路，同时，也开始了他的文学写作之路。于秦超而言，文学已不是单纯的文字游戏了，它是雄起的一种方式，它是孤愤心情的宣泄，它是苦难生活的记录，它是对环境压迫的抨击，它是显示能力的工具，它是炫耀亮彩的手段。当然还有其他方面的因素，比如生来就爱好等，然而这一切都可以归为他改变自己命运的动力之源。上苍不负用功人，秦超的写作才能终被领导赏识，他先被调至县局，然后再到市局任中层管理者。他有翅膀，他需要天空飞翔。

当我知道了秦超这样的人生经历后，读他的文字就比较容易找到路径了。首篇《航行的阁楼》是他的代表作。文章从一百多年前曾祖父怀着光耀门楣的宏愿踏进老屋的阁楼写起，一直到今天阁楼被开发商拆除为止。时间跨越清末民国到现在，是几代人的故事。我看过很多写家族史的散文，平心而论，鲜有超越他这篇的。它所反映的社会状况及心路历程几乎是我们这一代人所共同经历过的，文字穿越了时空并将这些粘贴在了一起。当读到"作为楼阁最后的一位船长，我俯下身子，手掠着水，在绿波上航行"时，我多少读懂了作为一介弱冠书生，秦超当年在道班努力学习积极上进的心声。

秦超是在二十世纪九十年代初参加工作的。那个年头，社会环境已经不单纯了。这给刚刚走出校门的秦超带来的是困惑和难以适应的苦闷。苦闷出诗人，苦闷也出散文家。这期间，秦超有许多描写身边人物的文字，如《小矮子》《榜爷》《大马猴》《大头》《狗尾草》《班长老于》。这些文字表面上是写人，作者似乎也没有以自己的口吻直白什么，然而这些人物的言行举止无一不是作者当时生活环境的真实反映。《狗尾草》令我震撼。读完这文，我两眼一抹黑，觉得突然间坠落至人间最冷冰的谷底。学长陈光华用斧头劈死了他的班长固然有罪，但他实在是忍受不了那个道班班长的欺凌，我更多的是憎恨那个毫无人性的班长。《班长老于》是写"我"与班长关系的。班长老于路霸似的敛钱，他巧立名目假报销，收了别人的礼，却依旧暗中扣人不放，他虽是一线普通劳动者，但心计不输于老辣的政客。这篇文章读到大半篇时，心头不断升起的是对老于的憎恨，可是当"我"对数次阻挠工作上调的老于吼起来时，"我"才知道，其实老于另有隐情，他是相中了"我"，欲将女儿嫁于"我"。这时的老于突然在读者眼中变得有几分可爱了。基层道班的生活，秦超学会了如何走他人生的第一步，但这是一段非常压抑的日子。这也令我想起当年的自己。那时，我一袭中山装，简单行囊，敲开上海郊区一家工厂的大门。我也怀揣着文学梦想，可一直被工友和班长乃至车间主任嘲笑为傻冒。好在那时是二十世纪的七十年代，人与人的关系单纯而不失温情，现实并没有给予我过分多的难堪和冷落。因为有类似的经历，我能够读懂秦超当年在那个寂静的山包里的属于他的那一份落魄的心情。

人恋故土，无论是孩童时代，还是家园新事，都会让在外游子永远惦记。散文集有好多篇是描写故乡的文章，这些文章大多写得轻松自如，尤其是儿时故事，让人仿佛与秦超一起玩耍嬉戏在皖南的山间、田埂和江河溪流边上。晏公殿的蜈蚣和老屋前堂的燕子无疑具有童话色彩，它美好而又温馨。然而即便在可爱的家乡，黑暗势力及社会变革的影响也一样渗透在生活的方方面面。《孙疯子》中孙队长是一个头脑简单又特别想当官的农民，他一边全身心投入工作，一边又恶习不改地调戏女人，当两个村庄合并、生产队长改选时，他被另一个有背景有靠山的人代替了，他不经打击，居然疯了，后来竟然死了。哪知这家伙死后也扰人，夜间经常响起"呫呫"的哨子声。这一幕是改革开放前农村生活的真实写照。那时，投机者的聚焦点是能够在生产队捞一个官做，当这一切失去时，有人往往变态，甚至发疯至死。《锄头开花》则描写新时代农民的另一种境遇。城镇化进展，二舅由农夫变成了市民。他叹一口气，无奈地带上锄头进了城。这个失去土地的农民，在他闷得发慌时便扛着锄头在街上逛来逛去。二舅死了，那把好久没人动过的锄头居然开了一朵似灵芝一样的小花。这段心路历程犹如奇葩绽开，但在我读来只有苦涩二字，可它却是当下许多农民所共有的经历。毫不夸张地说，这个画面有史诗一般的经典。人不是动物，人具有多面性和复杂性，对待人，决不能简单地以城镇化来解决一切问题。农民被迁徙离开土地，身体的配合仅仅停留在表面，心理对故土旧物的牵挂不是一代人所能完成了结的。

以秦超今天的社会地位，套用古人之语，当可称之为士人。而士人之情趣，有酒有茶有雅好，当然也与山水有不解之缘。秦超工作之闲，"散怀山水，萧然忘羁"，并写了一些游记。游记虽属散文一体，但易学难工。很多游记不好看，是很多游记将大多精力花在介绍景点上，以致游记与导游词相差不大，没有任何个性可言。秦超不是这样写游记的，他以情感入文，以文史相辅，以思想引领，深含意蕴，韵致有味。《夜行三峡》从登船顺流而下起笔，人随景走，思牵游兴，在完完全全将自己搁进景色之中又巧妙地运用文史去"稀释"、去"调和"那些入眼的风光，最后拾起思想这把利刃，或刷新，或翻新，使得三峡有了新时代的烙印，文章厚度也随之增加。以秦超现在的工作岗位，他其实是难以做到安下心自由支配自己的，然而读他的游记，却常常看到他一人撇开闲人杂事独会山水，我很佩服他这一点。《寂寞敬亭山》中"我匆匆下楼，沿着一条砂石路上山"；《赭山探春》中"我趁着小雨的间隙，带着相机上赭山"；《憾游醉翁亭》中"我匆匆洗漱出了宾馆，赶往琅琊山景区"。通过这些描写，我觉得他是一个能够静下来的人，而且还喜欢制造孤寂。独游是会玩的一种方式，它需要有一种与山水人文对话的本领。时下有的世人外出，不识山水真谛，只认导游的三角小旗，充其量只是"游盲"而已。秦超的独游，是一种境界。读他的《结庐石峰湖》，我从中还窥探出了他的另一种心境。石峰湖鱼翔池底，四周层峦叠翠，风景不醉人自醉，对此美景，他竟然眯缝起眼睛做起结庐湖畔，与妻终老的美梦来。或许他的工作压力过大，需要放松，或许他早已厌烦城市的喧嚣，归隐之心已升。他虽然已经离不开城市，但他的内心依旧眷恋着田野山水。难怪他的游记好看，因为他是心有游而记之为文的。

　　秦超二十余年的文学创作颇为丰富，不是我这几句话能够说得清的。总体而言，他的散文特点是通过叙事绘人来达意的，这种写法纳入小说创作的元素，有油画凸凹般的效果。他叙事很沉静，不紧不慢，总是在不变的风格中尽力地展现时代起伏的波澜。他的散文语言自然清新而不失精致凝练，不事雕琢而又没有芜杂，这需要在语言上狠下功夫才能做到，看得出来，秦超在语言表达方面是非常努力的。秦超才四十出头，属于他的黄金期还很长，真诚地希望他在工作之余写出更多、更好的文学作品。

2014 年 7 月 27 日

芭蕉，其叶潇潇

网络神奇，虽遥隔千里，因都在博客上涂抹点散文随笔类的文字，陌生人久而久之也成了十分稔知相熟的朋友。喜欢芭蕉雨声的文字，是因为可以在一种文字里观察感应到一座城市乃至作者为人做事的品性。博客交往属君子之交，没有好酒把杯，也没香茗可品，更没利益掺和，在这清汤寡水里要咂巴出点好滋味来，是靠朋友间的相互欣赏才能做到的。

芭蕉是从太行山里考出的大学生，虽为工科生，但那张工程师的派司却几乎成了文科生潜伏在工科里的代码证。也许她不愿多提这一件事，所以很少能从她文字里读出她的这一段心路历程。我估摸着，当年她在干她这一份工作时，也是应付的居多，我甚至揣测她在目睹原工厂关闭时失落的情绪里说不定还带有些许的释怀和笑意。专情于文学灶台前的炊火棍，细细拨弄炉里的柴火，于芭蕉而言，也许更得心应手，毕竟热爱和兴趣才是最好的老师。芭蕉的文字纵情恣意，与她骨子里对文字的痴爱分不开。

读芭蕉的文字，感觉她就像一条鱼儿游弋在生活的河流里。她爱这条河流以及河流里的其他鱼儿和水草。《皂角树》让人感动。听说老家后院的皂角树要出卖，她急忙一个电话打过去，阻止了一场可能发生的交易。娘家的事，其实与她这个"泼出去的水"已经没了多大的干系，但那棵树陪伴她走过年少和青春，她不忍心这个老伙伴被人伐身，她要留下它，她要每次回娘家在拜见父母后能够再次抚摸到它。在这里，皂角树不再是冰冷的静物，而是她的一位永不可分的亲人，由此感知芭蕉是个念旧重情的人。而《少了一个鸟音》则读出了芭蕉性格中敏感和细腻的一面，久居钢筋水泥构筑的城市，窗前屋后若有草木和鸟鸣是令人愉悦和近乎奢侈的事，然而能在许多嘈杂的鸟叫声里分辨出其中的一种，并长久留意该鸟的出没与安危，就非一般人能做到的了。芭蕉屋外树上的白眉鸟算是得遇"知音"，无论芭蕉是临窗读书或是厨房做事，那股脆亮的鸟叫声总能被她缕缕地捕捉到耳畔与眼前，直到有一天"白眉鸟的鸣叫突然在众鸟音中抽离出去"，她"似失落了一件心仪的手链"，坐卧不安。芭蕉爱树也爱鸟，但她更爱人。她有许多文章是写家人与朋友的，或探访，或别离，丝丝环环，倾注了她满腔的情意。哪怕是对一位从未谋面的朋友，她也会传达出最贴心的暖意，《小雪里，大雪外》家常，温和，不言相思却句句相思，硬是读出我两行眼泪。

　　女人一旦玩起文学，往往会扮演一个厉害的角色。芭蕉也很厉害，她的散文没有学究似的匠气，也无佛道的沉郁和艰涩之气，她文字透露出的是一个灶台女人的俗家子气和烟火气。听她琐碎的唠叨，好似看青衣女舞动水袖，端稳伶俐，一个人演绎一台戏。她这种接地气的写作状态，使得她的散文总是弥漫着一种城市乡居者见什么都新鲜的精神劲。文章应是心灵的轨迹，文章应表达心声，芭蕉的写作似专为实践这两句话而来的。她甚至拒绝名言典故以双引号的形式原封不动地出没在文章里，她说那是无能的表现。她的文字没有虚假的粉饰，没有刻意的形式翻新，没有故作高深的玄妙之论，切入点都很直截了当，购物炒菜，下雪刮风，甚至家居装修、水管改造等生活琐事皆可入文。她用心活着，在生活里的怪念头也特多，跳脱的感觉忽忽闪闪，如行云似流水，最使人惊叹的是她打字快，千字文，半点钟，一蹴而就。快而有味，读者感觉自己是在与她共同参与一件事，意犹未尽之时她已戛然而止。

　　我一直认为，一篇文字的好坏取决于意蕴和语言。上面讲的，多是芭蕉散文意蕴方面的事，其实她还有一个厉害之处是她的语言。语言有天分的因素，与芭蕉通过电话，那一口"吧嗒吧嗒"的豫腔普通话，一听便知她是个会说的主儿，什么话一经她的嘴说出就分外活脱和灵动。但会说不等于在行文时就能转化成优美的散文语言，这，还得靠勤勉和锤炼。芭蕉的散文在修辞练句上显然是下过一番功夫的，我的印象有两点：一是她喜欢适时引口语入文，许多带有豫北方言的表达，精准且极具魅力；二是她在使用口语的基础上更注重融汇一些古典文辞。由于这两点能比较好地完成对接，她的散文语言避免了冗长拖沓而不得要领的一般写手易犯的毛病，她能将复杂的内心情思以寥寥数笔轻易描出，言简意赅，却不可替代。她说每一个意思都有一个最好的表达。另外，在她的散文语言里，隐约能感觉到曹雪芹在《红楼梦》里某些用语方式和语气。我一直怀疑她是否受到了曹公的熏染，她嘿嘿一笑，说喜欢读脂批版本，没事就翻翻。我知道她常翻的还有明清小品以及汪曾祺和沈从文的书。

2013 年 12 月 16 日

广超这人

去年，林阳告诉我广超病了。我与林阳不在同城，他特地这样说，还将他们哥几个去医院探望的事写在博客上。当下我心里就咯噔一下，预感广超病得不轻。果然。

初识广超，是在林阳的博客上。他那篇《向广超同志学习》的文字深深打动了我，当我跟帖表达了敬仰之意后，善解人意的林阳向广超转达了我的心思。广超知道后，马上将他的三本散文集题好字送给我。他与我不相识，便托林阳寄给我。那是个大热天，他顶着骄阳找到林阳，林阳再冒着酷暑到邮局里。如此炎热的夏天外出对年轻人来说也不轻松，何况这两位的年龄加起来已经超过了一百三十岁的老哥。收到书后，我非常感动。拜读之后依旧是感动。

广超生活的年代，是一个极为复杂、很难用几句话讲清楚的年代。广超从那个年代里挣扎而出，居然还读到大学，这是非常不容易的。他教书，后来写书。印象里他在乡间教书的时间更长一些。广超不一般的地方是他始终把自己的良心当作灯油使用，即使在最偏僻、最阴暗的地方，他那盏灵魂之灯，也一直闪耀着不屑于追逐世俗的光芒。倘若他肯在从仕的路途多开动一点儿马力的话，我觉得凭他的才识，在广袤的淮北平原，不愁找不到一件适合他穿的官衣。然而他始终心甘情愿地只披一件灰白的布衣站在三尺讲台上。有人说，在广超身上可以看到魏晋名士的洒脱。我同意这一说法，广超身上确有魏晋先贤的影子。

广超七十有余，我一直觉得他还年轻，因为他有一颗燃烧着的心。退休后，他一边料理家务，一边为圆年轻时的文学梦而笔耕不止。他前后写了四本书。他的写作，信奉我笔写我心，他从没有把发表放在第一位，因为这样，他的文字也很少被报刊的编辑染指，真实地抒发己见和完全地彰显个性是他文字的特点。我读他的书，总有种在原生态的村庄里小憩的感觉。他的文字不以上刊为目的，但并不说明他的文字水准不高，恰恰相反，他的散文有相当的造诣。文字之老到，像匹老骥，不但识路，而且还走得很稳。谁知老天妒忌，偏生出一场病来折磨他。每每想起，我的心里都很疼。那天与他通电话，他嗓音洪亮且有亮色，中气似乎很足，这让在申城这一头的我心里好受多了。他告诉我说，连续几次化疗，他配合医生做得还算可以，只是头发落得快没有了。每天吊针，静静地数点滴声，连翻身也难。我的心又被他的话揪紧了。我想象得出，辗转在病床上是一种什么日子。他觉察出我的担心，随即笑笑，宽慰我说没啥，请我放心。接着又告诉我说，他在病床上写了些文字，整理完了打算出版，书名叫《点燃生命的星星火》。听之后，我先是震撼，接着还是震撼。这些文字，是他躺在病床上用时常颤抖的手，一笔一画地在白纸上涂抹出来的，这些文字也许是他作为思考者，最后对人生、对社会、对命运进行的思考。如果没有对生命的珍惜和对文学的热爱，这几万字的书稿，在这种特殊时期和环境里是没有办法完成的。这与其说是写作，不如说是与生命的一场赛跑。白字成文，广超是赢家。末了，广超道出请我为他这本书写点什么的想法。我一口应允，在他这儿，我没有一点儿理由可以拒绝。其实这段时间我自己状态也并不好，不是身体上的，是心理上的。消极，慵懒，僵滞，什么也不做，什么也不愿做。每天不是跷脚看看电视，就是被朋友约去喝茶饮酒。挂了电话，我顿觉有一种恐慌的东西弥漫在我的四周，我怕自己完不成这个不一般的任务，从而辜负了他对我的期望。但我想我既然答应了在病中的广超，说什么也得挥舞起拙笔为在艰难中的广超敲敲边鼓。煎熬徘徊多日后，我终于拿起笔来。哪知一提起笔，却觉得有许多话要和广超说。这不能不说是广超的精神激励了我，是广超与病魔斗争的勇气给了我振衰的力量。

由于不在同城，我无法在第一时间拜读这部书稿，但我相信这是广超所有文字中最有特点，也是最厚重的一部。我这个絮絮叨叨的千余言小文，远没有说透我想要说的话，其实我也无法对广超的文学及人生做一个恰当的评价。广超兄，您权当是一个在远方蹦蹦跳跳的小弟捧着一束鲜花来探望您。尽管这花儿不够漂亮，也不够芬芳，但这却是小弟自己亲自到山野中一朵朵采集来的。

　　祈求上苍，让广超少受一些痛苦，多一些开心，望河居书房里的灯光永远亮着。

2015年3月31日

收到《蠡云》馆刊

一个通过邮局的邮件不期而至。是份杂志，叫《蠡云》。这让我想起去年春上的事来。

那天，收到一个叫杨柳有叶博友发来的纸条，其意是他们正在编辑一本叫《蠡云》的杂志，在网上看到我写于2010年的短文《娄塘老镇》，觉得挺符合《蠡云》编刊要求，征求我的意见打算刊用。杨柳有叶介绍了《蠡云》的情况，说他们几个是出生成长在嘉定的朋友，由于志同道合，在一起办了个上海蠡云艺术博物馆。博物馆专事收藏嘉定古代文物，并以保护弘扬嘉定文化为宗旨。而《蠡云》是馆刊，每年出版一辑。他着重告诉我，蠡云艺术博物馆是经上海市文物局注册登记的，《蠡云》馆刊亦经版本图书管理部门核准允许的，是正规的出版物。说凡文字被刊登，有稿酬的。

杨柳有叶的介绍让我很感动。在当下，有人在嘉定安亭小镇上默默做着一份只有寥寥可数的几个人喜欢的博物馆事业。不说收藏文物需投入价值几许，光馆址及日常花销就了不得，而这一切在通常情况下是没有政府补助的。经营这么一份事业的人，确实要有牺牲精神，也要承担许多责任。由此可以看出，杨柳有叶一帮朋友是值得人们尊重的。作为旁观者，我除向他们表示敬意外，是帮不上任何忙的。当下我就向杨柳有叶说，刊用拙文，我很高兴，稿酬是决不好意思收的。届时能寄两本《蠡云》给在下就十分感谢了。可能限于人力及财力（这两点是揣测的），这一辑刊物，他们竟然差不多用了年把的时间。说句老实话，我大约都把这事忘却了（忘却是猜想他们或许已改变出版计划不再采用拙文）。可载有拙文的《蠡云》一经出版，他们就马上寄给我，而且邮寄地址及赠送两本的许诺都没有搞错。显而易见，杨柳有叶是个有心的人。这种有心的基础，是重诺。

现在略略知道一点，杨柳有叶真名为徐征伟。徐先生任职于嘉定博物馆，是个懂文物的行家，文字功夫亦佳。而矗云艺术博物馆主办者是周嘉。周先生乃嘉定人，他在近20年里收集了许多嘉定古代文物，包含书画、竹刻、古籍、老照片等，其中荷塘清趣香薰、松鹤延年杯、太白醉酒摆件、松涛山人款笔筒品相完好，独一无二。2010年，矗云艺术博物馆在广州嘉德国际拍卖有限公司拍下明代黄淳耀《送张子石游燕诗轴》。稍了解一些"嘉定三屠"的人都知道，清顺治二年，清军围攻嘉定县城，是黄淳耀与侯峒曾等率士民守城的。黄淳耀诗轴真迹对嘉定的博物馆而言，是非常重要的藏品。

我的文物知识少之又少，博物馆也不是我最喜欢去的地方。但是因为有了与矗云艺术博物馆这份缘分，我想我是否抽时间去次安亭，到他们馆里好好看看呢。

2015年2月1日

读董素芝的散文

《阳光来了》是素芝新出的散文集。书中收录了她近几年的一些作品。有散文，也有随笔。集子装帧素色，有点淡淡的古雅，是我喜欢的那种风格。素芝将她的新作寄赠予我，显然是要让我分享一下她出书的喜悦，同时也想听听我，作为一个读者的感想。这对我是一个难题，不同的人读一本书有不一样的感觉，但要说出来、说到位很难。

素芝在县委宣传部工作。宣传部是地方党组织的喉舌，素芝在那里工作，我有点担心她的文字会否烙上党报宣传的色彩，然而在读了她的这本书后，我没有在字里行间找出这方面的蛛丝马迹。这或许成为我读她文字时最让我惊喜的地方。作家是种自说自话的职业，自说自话是指作家得用自己的眼睛和自己的嘴巴。素芝以我嘴道我心，她说的是自己想说的话。

素芝的文字厚重大气。这一点对女人而言尤其难能可贵。女人写散文，易流于把自己打扮成花花绿绿的旦角。虽然玲珑，不乏雅致，但终归小巧有余，气魄方面显得不足。素芝的散文很特别，她的口吻，或称她的嗓门，起调很高。听她叙说历史，听她讲与友人交往的故事，听她对时局的评论，她好像更像一个唱花脸的，风格粗壮浑厚，动作大开大阖。作为读者，我通常会陶醉在她那有点沙哑却不失铿锵的唱腔里。素芝文字掌握能力很强，动辄洋洋万言，但在结构表达上，前后呼应得滴水不漏，行文里弥漫着一种诡谲，也散发着勃勃向上的劲头。一般女性作家少有这种精神气。素芝也有一些写得较为灵性的文字，但在我看来，那只是她出门时戴上的花色围巾，起着点缀和调剂心情的作用。她身上那件大衣，依旧是深沉的色彩。

散文是作者生活经历和气质的体现，基于这，散文比较其他文字，更直接展露作者的心思。然而有些一味追求题旨玄奥深奇，兜着圈子不说人话的散文居然也受到追捧，这就让人看不懂了。素芝的散文很直接，几乎篇篇都以第一人称开言，笔笔写自己，句句道人生。她在一篇文章中有这样一段话，给我很大的震撼："……看着绝大多数文人学者的自说自话或风花雪月的散文小品和一地鸡毛般琐屑无聊的小说，我的内心早已一片荒芜。倒更像煮蛙效应中的青蛙，早年还有在沸水中逃生的想法，想努力挣扎一下，而今在温水中煮了这么多年后，哪里还有起跳的力量？"这与其说是她的心灵碎语，倒不如说是一个作家直面人生的胸臆之言。改革开放以来，经济发展取得了成就，但物质文明的丰富似乎并没有使得我们这个社会在精神方面也有一个与之相适应的提高。对于这，一个有良知的作家必定会以自己的方式从内心发出呐喊。素芝的一些文字，便是这种抗争的提炼，因为这个，它真实，它是可触摸的，同时也是感人的。文字因真实可贵，可真实却并非人皆具备的品质。素芝的文字是用她心灵之火煎熬的一剂药汤，味儿也许有点苦涩，但她不忽悠自己，当然也就不可能去糊弄读者。

我自己写东西一塌糊涂，看别人的东西却有点挑剔，一般不称意的，就扔在一边，从此不再翻阅。素芝这本书，我或者放在枕边，或者搁在沙发上，断断续续，翻翻读读了好几天。读完我和素芝飞纸条说："你的国字作家头衔不是虚挂的（素芝系中国作协会员）。"素芝听完，孩子般的飞还纸条，说："有围庭兄这话，我就放下心来了。"

我与素芝从未谋面，接触亦少。我之所以在这里直呼素芝，好像显得挺熟悉挺亲切，这是因为我们以前在点评彼此文字时有过约定。素芝说彼此叫老师，她不好意思，太别扭了，要我叫她素芝。我年长于她，她亦改称我为兄。从这点看出，素芝是一个随性的人，她似乎不喜欢那种板着面孔说话的腔调。不板着面孔说话，正是这本书流露出来的最基本的精神或叫气韵。

2015年2月6日

读《半地碎影》

　　和风中离人的文字交往有些时日。她的散文集《半地碎影》出版了，并给我寄了一本。作为朋友，在向她表示祝贺以后，便断断续续地翻读这本书。其实这里面的文字都曾经在网络浏览过，然而当我手捧弥漫着油墨香味的纸质书本翻阅时，还是读出了在电子版上读不出来的味道。

　　全书分为"乡关栖痕""过客古镇""行者天涯"三辑。从字句上分析，好像游记占了大半，只有第一辑似是书写故乡杂事的。书名叫《半地碎影》，也印证文集中以作者履痕为主的事实。这样清晰的编辑，使得导读变得简单而又一目了然。欲知乡园家事的，看第一辑，想玩山水的，请移步到第二、第三辑上。

　　风中离人在江苏镇江市政府某个部门任职，做过教师、秘书，也做过学校的领导。她的这些经历，让我以为她是一个地道的镇江人。读她写东乡记事系列文字，知道东乡才是她的家乡。东乡原属丹徒县，后来行政隶属划到了镇江市，从这一点上讲，她其实算不上严格意义上的镇江人。镇江人说江淮话，东乡人操吴方言，丹徒东乡人的口音及生活习俗更接近常州无锡苏州。长年生活在同属吴方言上海的我，忽然觉得和她在地理上靠近了很多。第一辑里的《怅望东乡·羊肉》，使我想起上海西郊真如老街百年羊肉店草扎的红焖羊蹄；《临水观梅》使我想起上海莘庄公园墙角凌寒的梅花；《下蜀问茶》使我想起上海佘山脚下笋香醇厚的兰茶；《听听那梅雨》使我想起上海六月潮湿闷热的黄梅雨季。"我从哪儿来，又到哪里去"，风中离人在书中将她来处和去处的故事一一向读者展示，款款深情，看得出故乡在她心中沉甸甸的分量。

风中离人在文中说她从小胆小，不识路，不敢单独外出，可是在读了她的游记后，谁都觉得她是一个豪气不逊须眉的旅者。无论黑水白山，还是南疆边陲，或者皖南古村，再不就是高昌故城；她或与人结伴，或独自背上行囊远行。她去寻访古战场的遗迹，她去瞻仰先贤的墓地，她在古镇老街流连忘返，她在古运河上遏浪行舟，祖国的佳山名水，很多地方都留有风中离人的履痕。我虽然也爱好旅行，去过许多地方，可她到过的一些地方，我至今都还没有去过，这多少让我有点自叹不如。但仅以踏足的地方众多还不足以让人敬佩，倘若每到一处地方便与客体风物、人文景观进行对话并且还能迸射出思想灿烂的火花，那才叫深度，那才让人折服。读风中离人的游记，读者可以感受到，作者是如何从历史、从哲学、从社会学诸种角度去解读、去赞赏自然风物和人文景观的。她把自己溶入风景中去，她自己也成为风景中的一分子，这种揽物会心、随意放达的气质感染了我，相信也感染了其他人。因为这，她的游记文章在镇江纸质媒体一经发表便受到了广泛欢迎，不是没有道理的。

风中离人从南京师范大学中文系毕业后便步入了仕途。作为在"衙门"里埋首文案的她，每天接触的是公文的写作和阅读，然而这并不妨碍她对文学写作的把握。她说她不论工作岗位如何变动，总是带着她的文学爱好一边工作，一边思考写作。今天我们读她的文章，总被作者徐舒自在、从容不迫的语言风格所打动，我相信这和她多年以来大量阅读文学作品，不断地把自己对人生的感悟融汇于文学写作中的实践有关系。文学语言，属于作者对文学追求的结果。可以这么讲，她在《半地碎影》中所显示的不迫不露、纵横高下的语言色味，印证了多年以来她在文学方面是如何坚持用功的。

2016年1月19日

《柴门清话》及其他

一次偶然机会，在外出的途中，读到陕西师范大学出版的散文集《柴门清话》，作者张中行。书出版于二〇〇八年，这时距中行先生逝世已两年多了，出版方大约有纪念他的意思，将他的部分散文收拢汇编成一册，以《柴门清话》之名向阅读界再次推荐。"都市柴门"是中行先生书房的雅号，先生晚年的散文几乎都在这儿写成。书名取之于此，纪念的意义显而易见。抚摩这本装帧素雅的书，想起初次捧读中行先生散文时的情景：一九九七年的某天，正好有一个闲空，遂到华东师范大学中山北路门口的书店里购书，无意中翻得中行先生的散文集《留梦集》和《写真集》。当下站在书架旁，一口气读了其中好几篇文章，读后大拍书架的案壁，连声道好，由于击打案壁的声音过大，还惹得书店售书的提醒我小心一点。这是第一次接触中行先生的书，并从中知道中行先生与杨沫女士的关系。当然，最主要的还是被中行先生散文的力量征服了，觉得他不是一般的散文家，他文字里流露出的情感和思想以及由此产生的味道，是一般散文家所不具备的。这次偶遇中行先生，给了我不小的惊喜，为此，曾向好几位朋友推荐中行先生的散文。他们读后，也都认同我的观点。

旅途中诸事扰攘，难得有闲心读《柴门清话》，回到家里再次仔细地读这本书。

收录在《柴门清话》中的有些文章早已读过。如"药王庙""起火老店""沙滩上的吃""马叙伦""朱自清"及"苦雨斋一二"等篇分别是从《负暄琐话》和《留梦集》中选过来的。通常情况下，似这样重复的文章会让人心生躁感的，但由于是大师的文墨，所以，捧到灯下读时并不觉得腻人，反而觉得这本书的出现，是又一次学习的机会。应了那句老话，经典就是经典。凡经典的东西，重读一次，总又会生出新的体会。中行先生的文章这次给我的感觉是，他写人物写风俗固然出色，但小品好像写得更好。这与他丰富的人生经验，勤于思考善于总结的哲学观有密不可分的关系。此外，张文有浓郁的文人气不假，但它流露出来的平民意识似乎更多，这些或许成为中行先生为文真诚与率性的基础。

顺便说说中行先生这个人。向一般人介绍，我总先说中行先生是《青春之歌》中余永泽的原型。这话虽对中行先生有不敬的地方，但对迅速吊起对方的胃口却大有作用。确实也是。二十世纪三十年代，他与杨沫女士同居数年，后因性格不合而分手。杨沫女士系热血青年，联系上地下组织跟共产党走了。中行先生温文尔雅，拜胡适为师，专心做了学者。杨沫女士在新中国成立后成功创作的长篇小说《青春之歌》，轰动一时。由于小说中自私落后分子余永泽有影射中行先生的地方，给时在人民教育出版社任编辑的中行先生带来了许多隐性的麻烦。但中行先生给予包容，说那是文学形象，自己不能也不愿与之联系起来。"文革"时，造反派找到中行先生，欲从他口中挖出一些不利于杨沫女士的材料好借此整倒已被隔离审查中的她，中行先生这样回答："杨沫那时要求上进，是紧跟共产党革命的，我只顾读书，思想很落后。"造反派碰了个不软不硬的钉子。杨沫女士后来获知中行先生不但没落井下石，而且还护卫着她，大为感动。中行先生与杨沫女士生有一个女儿，孩子跟着母亲随继父姓氏，叫徐然。尽管在人前，徐然一直称中行先生为先生，但在心底，她是视中行先生为父亲的。只可惜中行先生去世时，徐然并不在身边。

中行先生乃一代散文大家，七十多岁时才有文名。季羡林先生这样评述他："在现代作家中，人们读他们的文章，只需读上几段而能认出作者是谁的人，极为稀见。在我眼中，也不过几个人。鲁迅是一个，沈从文是一个，中行先生也是其中之一。"是的。鲁迅先生文字理性而又泼辣，沈从文先生文字朴讷而又传神，中行先生文字冲淡而不失温和。仅从散文而言，中行先生确实有不俗的成就。

2015年12月16日